Johannes Kunz
Am Anfang war die Reblaus

Johannes Kunz
(Herausgeber)

Am Anfang war die Reblaus

Die zweite Republik in Anekdoten

EDITION S

Edition S
Verlag der Österreichischen Staatsdruckerei

1. Auflage 1987

Umschlagentwurf: Multi Art, Wien
Druck und Bindearbeit: Österreichische Staatsdruckerei
ISBN 3-7046-0077-6

Inhalt

Vorwort

Als ich die Einladung der EDITION S erhielt, die Herausgeberschaft für dieses Buch zu übernehmen, da fragte ich mich: wozu schon wieder eine Anekdotensammlung aus der österreichischen Zeitgeschichte? Es gibt doch bereits zahlreiche einschlägige Werke, zwei davon stammen von mir selbst und sind in den siebziger Jahren erschienen. Doch ich mußte feststellen, daß dank der Mitarbeit von Prof. Walther Nowotny, Mag. Johannes Twaroch, Prof. Rudolf Lehr, Hans Langwallner, Robert Vinatzer, Dr. Heinz Kienzl und anderen zum Teil auch für mich neues Material zusammengetragen werden konnte: Anekdoten, die es verdienen, einem größeren Kreis von zeitgeschichtlich Interessierten zugänglich gemacht zu werden. Denn Witz, Satire, Anekdote und natürlich die Karikatur sind zeitgeschichtliche Dokumente. Das gilt für die Demokratie, in der die freie Meinungsäußerung nicht mit einem Begräbnis endet, ebenso wie für die Diktatur, in der man tun und lassen kann, was die Regierung vorschreibt und in der man zu allem, was nicht verboten ist, gezwungen wird. In diesem Jahrhundert hat Österreich beides erlebt. In diesem Staat, der sich von Deutschland hauptsächlich durch die gleiche Sprache unterscheidet, entwickelte sich eine eigene, Nestroysche Art, Monarchie, autoritäres Regime, Nazidiktatur und Demokratie zu glossieren. Die Palette dieser Witze, Bonmots und Anekdoten reicht von den böhmakelnden Schweijknaturen der österreichisch-ungarischen Monarchie über die reizvollen Geschichten Roda Rodas und vom legendären Grafen Bobby bis zur neureichen Frau Pollak.

„Der Witz unterscheidet sich von der Anekdote durch die humorvolle Pointe. Die besten Witze sind nicht jene, über die man schallend lacht, sondern jene, über die man nachdenklich schmunzelt oder besser gesagt schmunzelnd nachdenkt. Die Anekdote kann natürlich auch amüsant sein, sie kann aber auch ernst, ja traurig sein. Bei den Witzen verhält es sich so: Jede Phase der Geschichte hat die Witze, die sie verdient, von der „Da kannst nix machen"-Mentalität der Zwischenkriegszeit über die bissigen Naziwitze bis zur Maxime des „Leben und leben lassen" in der Ära des Wiederaufbaus der Republik Österreich nach 1945. Von Karl Kraus stammt der Satz: „Ich halte die Politik für eine mindestens ebenso vortreffliche Manier, mit dem Ernst des Lebens fertig zu werden, wie das Tarockspiel, und da es Menschen gibt, die vom Tarockspiel leben, so ist der Berufspolitiker eine durchaus verständliche Erscheinung. Umso mehr, als er immer nur auf Kosten jener gewinnt, die nicht mitspielen. Aber es ist in Ordnung, daß der Kiebitz zahlen muß, wenn das geduldige Zuschauen seinen Daseinsinhalt bildet. Gäbe es keine Politik, so hätte der Bürger bloß sein Innenleben, also nichts, was ihn ausfüllen könnte." Zugegeben: ein spitzes Wort, doch mit wahrem Kern. Ein Trost bleibt dem Bürger aber auch dann, wenn er als Kiebitz zahlen muß: der Witz. Sigmund Freud hat einmal gemeint, der Witz sei imstande, dem Menschen selbst über körperliche Schmerzen hinwegzuhelfen. Es gab schon Zeiten, da war der Witz die einzige Waffe des Bürgers gegen Terror und Unterdrückung. Jahrzehnte später weiß man oft nicht mehr: war's ein Witz oder eine tatsächliche Begebenheit, eine Anekdote also. Österreichs führende Politiker seit 1918 waren teils Zielscheibe von Witzen, teils Adressaten spöttischer Liebe, wie sie in manchen Histörchen von anno dazumal durchschimmert. Ich meine die Renner und Seitz, die Seipel und die Miklas, Otto Bauer und Engelbert Dollfuß, dem wegen seiner geringen Körpergröße der Spitzname „Millimetternich“ verpaßt wurde. Über kaum einen Politiker gab es mehr Witze als über Leopold Figl, den „homo austriacissimus“. Julius Raab, bärbeißig und patriarchalisch, war eher Gegenstand der Anekdote. Die auf die alte Habsburgermonarchie gemünzte Charakterisierung „Hoffnungslos, aber nicht ernst“ hat durchaus eine aktuelle Bedeutung. Diese Haltung kommt in dem apokryphen – und natürlich fiktiven – Ausspruch Bruno Kreiskys in einem Witz aus den siebziger Jahren zur Geltung, als ihm das Gerücht vom Selbstmord des Verteidigungsministers Lütgendorf gemeldet wird: „No, wenn er sich's verbessern kann?!“ Jahre später sollte das Gerücht aus diesem Witz traurige Wirklichkeit werden: Karl Lütgendorf beging Selbstmord. Hier zeigt sich das Verschwimmen der Grenze zwischen Witz, also konstruiertem Humor, und der Realität des Lebens.

Ein Beispiel für jene Geschichten, von denen man nicht weiß, ob sie sich tatsächlich ereignet haben oder von einem Scherzbold erfunden worden sind: Gegen Ende des Ersten Weltkrieges verbrachte der führende Bolschewik Leo Trotzki einen Teil seiner Emigration in Wien. Im Oktober 1917 wurde einem Hofrat im k.u.k. Außenministerium von einem Referenten aufgeregt berichtet: „Herr Hofrat, in Rußland ist Revolution!“ „Aber ich bitt' Sie! Wer soll die denn gemacht haben? Vielleicht der Herr Trotzki, der Schachspieler vom Café Central?“ Sollte diese Geschichte sich nicht wirklich so zugetragen haben, so ist sie jedenfalls gut erfunden.

Nun, die in diesem Buch zusammengetragenen Geschichten sind Episoden aus dem öffentlichen Leben der Zweiten Republik. Während der Witz oft als Waffe der Regierten gegen die Regierenden verwendet wird, gibt die Anekdote Zeugnis von Menschen und Lebensumständen. Die besten Witze gedeihen in den schlechtesten Zeiten. Hierzulande gab es folglich die besten Witze in der Nazizeit. Die Zweite Republik hat dem Land, nehmt alles nur in allem, bisher einen ungeahnten wirtschaftlichen Aufstieg, begleitet von sozialer Sicherheit für breiteste Bevölkerungskreise, gebracht. Die Witze sind daher viel weniger zeitkritisch und bissig, eher sind sie liebevoll und glorifizieren Persönlichkeiten aus der Politik. Das galt für die Kreisky-Witze in Österreich ebenso wie für die Adenauer-Witze in unserem Nachbarland Deutschland. Während der Witz vom Humoristen geschrieben wird, ist die Anekdote vom Leben geschrieben. Und das ist bekanntlich nicht immer lustig. In diesem Sinne wünsche ich Ihnen zwar nicht viel Spaß, aber viel Freude bei der Lektüre dieses Buches. Und, Sie werden sehen, über die oder andere Geschichte über den einen oder anderen prominenten Zeitgenossen werden Sie sich sehr amüsieren!

Johannes Kunz

ALLER ANFANG IST SCHWER

Die ersten zehn Jahre

Raus aus die Kartoffel

Es war in den Tagen unmittelbar vor der Befreiung Wiens, erinnert sich Viktor Matejka, der legendäre Kulturstadtrat der ersten Nachkriegszeit. Es kamen in kurzer Abfolge einander widersprechende Meldungen. Einmal hieß es, die Russen marschierten ein, und schon lagen Parteiabzeichen, Hakenkreuze und Orden zu Tausenden in den Straßengräben und Rinnsalen. Wenig später kam die Berichtigung: Nicht die sowjetischen Befreier rückten ein, sondern die deutsche Wehrmacht kehre vom anderen Ufer der Donau, wohin sie sich zurückgezogen hatte, in die Stadt zurück. Und die Menschen strömten wie aufgescheucht zu den „Deponien" hin und fischten sich die weggeworfenen Zeugen ihrer mithin wieder aktualisierten Vergangenheit aus dem Unrat hervor. Das wiederholte sich mehrere Male und erinnerte Matejka an die Parole: „Raus aus die Kartoffel, 'rin in die Kartoffel . . ."

Austromarxismus

Wenige Tage später war es dann soweit: Am

27. April 1945 wurde die Wiedererrichtung der Republik proklamiert. Der sowjetische Marschall Tolbuchin lud aus diesem Anlaß die Mitglieder der provisorischen Staatsregierung in seine Villa ein, wo den Gästen unter anderem Zigaretten und Zigarren aus den Beständen der ehemaligen Tabakregie angeboten wurden. Staatskanzler Renner nützte die Gelegenheit, ergriff ein Kistchen Zigarren und erklärte den verblüfften Gastgebern: „Ich halte mich an die Lehren von Karl Marx: Expropriiert die Expropriateure!"

Sprachgeschichte

Ein Besucher aus den Bundesländern fragt in der Straßenbahn einen Wiener: „Wie heißt der Platz da drüben?" „Das ist der Rooseveltplatz, früher Adolf-Hitler-Platz." Ein Stück weiter fragt der Besucher wieder: „Und wie heißt das Gebäude da?" „Das ist das Parlament, früher Gauhaus." Wieder fährt die Straßenbahn ein Stück. „Und wie heißt dieser Platz?" „Das ist der Stalinplatz, früher Schwarzenbergplatz." Der Besucher steigt aus und verabschiedet sich mit den Worten: „Auf Wiedersehen, früher Heil Hitler."

Entnazifizierung

Nicht nur Gebäude und Plätze wurden entnazifiziert, sondern auch die Menschen.

Diese „Entnazifizierung" brachte für viele „Ehemalige" Berufsverbot mit sich. Ein Mann schaute kurz nach dem Krieg einem Straßenkehrer auf dem

Stephansplatz zu, der sich äußerst ungeschickt anstellte. Nachdem er ihm einige gute Ratschläge erteilt hatte, meinte der Straßenkehrer: „Wissen Sie, ich bin ja eigentlich Universitätsprofessor, aber ich war ein Nazi. Aber wenn Sie's so gut können, warum kehren Sie nicht selber?" „Geht nicht", meinte der andere, „ich war auch ein Nazi."

Verwechslung

Die Grundlagen der Entnazifizierung bildete eine Unmenge von Fragebögen („Questionaires"), die die Bürger peinlich genau auszufüllen hatten und die den Alliierten die notwendigen Informationen geben sollten. Während es jedoch den meisten Schwerbelasteten gelungen war, sich rechtzeitig abzusetzen, blieben viele harmlose Mitläufer oder oft gar Unschuldige im Netz hängen, so daß bald der Witz von einem im Anhaltelager Glasenbach inhaftierten Holzarbeiter die Runde machte, der dem amerikanischen Beamten dadurch aufgefallen war, daß der von ihm angegebene Beruf „Kreissägemeister" ähnlich wie „Kreisleiter" klang ...

Hurdestanisch

Dr. Felix Hurdes war der erste Unterrichtsminister der Nachkriegszeit. In seinem Bestreben, die letzten Überreste nationalsozialistischer Gesinnung auszumerzen und Österreich-Bewußtsein wieder herzustellen, ging er sogar soweit, in den Lehrplänen und Schulzeugnissen die Bezeichnung „Deutsch" durch den Begriff „Unterrichtssprache" zu ersetzen. Einer seiner Beamten nahm Anstoß an dem neuen Wort und schlug statt „Unterrichtssprache“ den Ausdruck „Hurdestanisch“ vor.

Verläßlichkeit

Karl Skraup, ein populärer Wiener Komiker, prägte den zynischen Ausspruch: „Die verläßlichen Österreicher – das sind die ärgsten!“

Hoffnungslos, aber nicht ernst

Oft ist der Unterschied zwischen Deutschen und Österreichern – mehr oder minder wortreich – definiert worden. Auf eine prägnante Formel brachte es der britische Staatsminister Hynd, der nach dem Krieg im Londoner Labour-Kabinett für Deutschland und Österreich zuständig war. Anläßlich des Besuchs einer österreichischen Journalistendelegation zitierte er jene inzwischen berühmt gewordenen Worte, die angeblich ein deutscher und ein österreichischer Divisionskommandeur ihren jeweiligen Armeekommandanten erstatteten: Der Deutsche meldete: „Die Lage ist ernst, aber nicht hoffnungslos!“ Der Österreicher: „Die Lage ist hoffnungslos, aber nicht ernst!“

Unterscheidungsmerkmale

Frei nach Oscar Wilde ist Österreich ein Land, das sich von Deutschland hauptsächlich durch die gleiche Sprache unterscheidet. Um weniger subtile Unterschiede ging es – allerdings Jahrzehnte später –, als Kurt Waldheim zum Generalsekretär der UNO gewählt wurde. Ein amerikanischer Reporter wollte vom Österreicher wissen, wie er den Unterschied zwischen Wien und New York beurteile. „New York", dozierte der frischgebackene Generalsekretär, „unterscheidet sich von Wien hauptsächlich durch – alles!"

Theaterreform

Ernst Fischer, Mitglied der provisorischen Staatsregierung als Staatssekretär für Unterricht, trug sich gleich in den ersten Tagen seiner Amtstätigkeit mit Reformplänen für sein Ressort. So sollte unter anderem die Bundestheaterverwaltung abgeschafft werden. Als der legendäre Burgtheaterschauspieler Raoul Aslan davon erfuhr, rief er entsetzt aus: „Ja, wer soll uns denn da die Vorschüsse bewilligen?"

Die rot-weiß-rote Kuh

Während die USA und die UNO-Hilfsorganisation UNRRA mit großen Interimshilfeabkommen und dem Marshallplan die Not im Lande lindern halfen, stellten die Sowjets große wirtschaftliche Forderungen. Dies führte zur verbitterten und oft gehörten Feststellung: „Rußland melkt die Kuh, die Amerika füttert."

Kniffliges Problem

Das Kulturleben kam nach dem Krieg relativ schnell wieder in Gang. Noch tobten an vielen Stellen Österreichs erbitterte Kämpfe, da spielten bereits wieder die Philharmoniker – unter der Leitung von Clemens Krauss – im Konzerthaus. Während des Konzerts fiel der Strom aus, die Musiker spielten ungerührt weiter. Fragte nachher ein Philharmoniker den anderen: „Glaubst, hat der Krauss im Finstern weiterdirigiert?"

Staatsoper daheimgelassen

Während der Besatzungszeit hatte Bundeskanzler Figl nicht nur in den Hauptstädten der Besatzungsmächte schwierige Verhandlungen zu führen, sondern auch Sympathiewerbung für sein Land zu betreiben. Bei einer solchen Gelegenheit fragte ihn der britische Außenminister Morrison in London, warum er denn die wunderbare Wiener Oper nicht mitgebracht habe. Figl meinte trocken: „Ja, wenn i die Staatsoper mitbracht hätt', möcht jeder glauben, die Österreicher san so reich, die können die Besatzungskosten selber zahln!"

Ach Otto!

Der Lyriker Paul Celan floh 1947 aus seiner Heimat Rumänien nach Wien. In der surrealistischen Zeitschrift „Plan" erschienen seine ersten Gedichte. Die berühmte „Todesfuge" über Hitlers Vernichtungslager, ein Schlüsselgedicht der Epoche, nahm der Herausgeber Otto Basil aus Platzgründen nicht in die Veröffentlichung auf.

Nicht um die Burg

Die Frage, wer Staatsopern- oder Burgtheaterdirektor werden soll, ist in Österreich seit eh und je ein Politikum gewesen. Nach dem Abgang Adolf Rotts hätte man gern den berühmten Dramatiker Carl Zuckmayer als Direktor der Burg gesehen; dieser lehnte allerdings auf eine entsprechende Frage Ernst Haeussermans mit den drastischen Worten ab: „Lieber setze ich mich mit dem nackten Hintern in einen Ameisenhaufen!"

Sperrstund' is'

Auch Friedrich Torberg und Hans Weigel, die beiden Wiener Kritikerdioskuren, waren aus der Emigration zurückgekehrt. Nach jahrelanger Abwesenheit traf Torberg Weigel und fragte ihn, welche Kaffeehäuser es in Wien denn gebe, in denen man die Nacht verbringen könne. Weigel schlug das Hawelka vor. „Was", meinte Torberg entsetzt, „das Hawelka? Das hat doch nur bis zwei Uhr früh offen!"

Identifikation

Im September 1947 spielten die Wiener Philharmoniker unter Bruno Walter in Edinburgh vor dem englischen Königspaar. Die Königin lobte nach dem Konzert besonders die Aufführung der 6. Symphonie von Beethoven, der „Pastorale". Bruno Walter entgegnete, das sei kein Wunder. Jeder Philharmoniker kenne ja den Heiligenstädter Bach, dessen Rauschen Beethoven im Adagio der „Pastorale" verewigt habe.

Nicht überfordert

Alfred Polgar war einer derjenigen, die nach dem erzwungenen Exil wieder nach Wien heimkehrten, wo man die Emigranten nicht immer mit offenen Armen empfing. Nach seinem 75. Geburtstag im Jahre 1948 versandte er Antwortschreiben auf Glückwünsche, die folgendermaßen begannen: „Durchaus imstande, jedem einzelnen zu danken, von dem ich aus Anlaß meines Geburtstages Zeichen der Sympathie empfing ..."

Exil

Von Polgar stammt übrigens auch die treffendste Definition des Lebens im Exil: „Ein Emigrant", sagte er, „ist eine Mensch, der zwei Fremden hat und keine Heimat."

Späte Heimholung

Bei anderen Künstlern hatte die „Heimholung" allerdings länger gedauert, in vielen Fällen kam es zu nicht wieder gut zu machenden Versäumnissen. Besonders viel Geduld mußte Oskar Kokoschka aufbringen, und es war dem Geschick Dr. Kreiskys zu verdanken, wenn es schließlich – Jahrzehnte später – doch noch klappen sollte.

Oskar Kokoschka weigerte sich nämlich, um den Wiedererwerb der österreichischen Staatsbürgerschaft anzusuchen, da der gebürtige Österreicher, dem Hitler einst die Staatsbürgerschaft genommen hatte, nicht einsah, warum er von sich aus initiativ werden sollte. Es folgte ein langer Kampf des

Kanzlers mit den Behörden, aber auch Kreisky konnte nicht für Kokoschka um die Staatsbürgerschaft einreichen. Schließlich gelang es, eine Änderung des Staatsbürgerschaftsgesetzes herbeizuführen. Kreisky teilte der zuständigen Behörde daraufhin mit, Kokoschka habe bei ihm Aufenthalt genommen, womit das Problem gelöst war. Der Kanzler benachrichtigte den berühmten Maler schriftlich in der Schweiz, worauf dieser gerührt antwortete: „Ich bin sehr geehrt, daß Sie sich darüber freuen, mich noch lebendig der Republik Österreich einzuverleiben. Ich hoffe für mich und für Österreich, daß es diesmal zum letztenmal sein wird ... Ich danke Ihnen für diesen unerwarteten Federstrich, man könnte es auch einen Handstreich nennen ..."

Aufforderung zum Wegschauen

Der aus dem Exil nach Wien zurückgekehrte Sozialdemokrat Dr. Oscar Pollak wurde zum Chefredakteur des Parteiorgans „Arbeiter-Zeitung" bestellt. Er hatte oft Mühe, die ideologische Linie des Blattes mit den Erfordernissen der modernen Konsumgesellschaft zu vereinbaren. In die österreichische Zeitungsgeschichte eingegangen ist seine Aufforderung an die Leser, die Alkoholreklame im Anzeigenteil der Zeitung nicht zu beachten ...

Der dritte Mann

Der weltbekannte Film „Der dritte Mann" von Carol Reed und mit dem unvergleichlichen Orson

Welles in der Hauptrolle kam 1950 in die österreichischen Kinos. Manche offiziellen Stellen sorgten sich um das Image Österreichs im Ausland und fürchteten um den langsam beginnenden Fremdenverkehr. Bei der Bevölkerung wurde der Streifen aber so populär, daß sich die KPÖ-Propaganda in ihrer Plakatwerbung an seinen Titel „anhängte": Hinter Karikaturen von Figl und Schärf erblickte man als „dritten Mann" die schattenhaft-verdächtige Figur des VdU, die mit den beiden anderen Spießgesellen gemeinsame Sache machte.

Das Galgenplakat

Im Wahlkampf 1953 gelang es der SPÖ, das Gespenst der „Roten Katze" und damit den Volksfrontvorwurf in einer engagiert und antikommunistisch geführten Kampagne zu entkräften. Höhepunkt der Profilierungsaktion bildete das sogenannte „Galgenplakat", eine Collage von Zeitungsausschnitten mit Meldungen über politische Säuberungen und Terror im Ostblock. Dazu kam die Parole, daß bei uns in Österreich Wahlen geheim seien und daß eine Stimmabgabe für die SPÖ unsere Freiheit sichere.

Natürlich wurde das Plakat beanstandet und von der alliierten Zensurbehörde auf Verlangen der Sowjets verboten. Die SPÖ nützte die Chance, diese Aktion anzuprangern und zugleich werbewirksam mit den Zielen der Wahlkampfführung zu verbinden. Anstelle der verbotenen Plakate ließ sie die Aufschrift affichieren: „Zensur – Hier befand sich ein Wahlplakat der Sozialistischen Partei. Es mußte auf Weisung der Alliierten Stadtkommandatur überklebt werden. Für ein freies Österreich – wählt SPÖ."

Auch dieses Plakat wurde auf höhere Anordnung entfernt, doch für Publicity war gesorgt, und die antikommunistische Linie war nicht mehr so ohne weiteres anzuzweifeln.

Ansichtssache

Ende der fünfziger Jahre erschien eine Abordnung eines Augsburger Klosters bei Oskar Kokoschka (in Villeneuve): ihre schwer bombenbeschädigte Kirche sei wieder aufgebaut worden, nun fehle nur noch ein Altarbild. Kokoschka kratzte sich den Bauernschädel und fragte, was es denn darstellen solle? Die Mönche zogen eine Daguerreotypie ihres seliggesprochenen Ordensoberen, Vinzent Palotti, hervor. O. K. sah sich das Bild lange an: „Ja, den mal i! Der g'fallt ma! Wißts ihr aber auch, was dös kostet?" Kokoschka nannte eine sechsstellige Summe. „Aber i mal erst, wenn das Geld hier auf'm Tisch liegt!" Betreten meinten die Mönche, da müßten sie erst rückfragen.
Nach einer Woche lag das Geld auf dem Tisch. Kokoschka, in seiner blau-weiß gestreiften Malerschürze, stemmte die Arme in die Seite und sah sich belustigt die Geldbündel an. „Ich wollt nur amal sehn, wie so viel Geld ausschaut!" Dann sagte er zu, das Altarbild zu malen, gab den Mönchen die Summe zurück und stiftete sie für ein Heim milieugeschädigter Kinder.

Grillparzer unbedenklich

Die sowjetische Besatzungsbehörde verlangte von

jedem Autor eines Stückes, das im Rundfunk gesendet werden sollte, eine Bestätigung, daß er nicht bei der NSDAP gewesen sei. Als eines Tages ein Grillparzer-Stück auf dem Programm stand, urgierte der zuständige sowjetische Offizier Franz Grillparzers „Unbedenklichkeitsbescheinigung". Vom Leiter der Abteilung Hörspiel erhielt er die folgende Antwort: „Die Vorlage der Bestätigung kann nicht erfolgen, da der Hörspielautor Franz Grillparzer vor Gründung der NSDAP verschieden ist."

Fjedermann

Mit „Internationale Zone" und anderen Büchern hatten das Autorenduo Reinhard Federmann und Milo Dor den Unwillen der sowjetischen Besatzungsmacht erregt. Wenn er wieder einmal knapp bei Kasse war, mußte Federmann in die russische Zone, um seinen erfolgreicheren Kollegen Hermann Schreiber um eine Anleihe anzupumpen.

Helmut Qualtinger kommentierte die Angstreisen seines Freundes mit den hämischen Worten: „Wenn Federmann zu Schreiber Geld holen fährt, dann sieht er sich an jeder Straßenecke um, und von überall her ertönt aus dem Dunkel der Ruf: Fjedermann . . . Fjedermann!"

Stilbruch im Besatzungsbett

Der Kabarettist Kurt Nachmann schrieb 1947 für das Kleine Brettl eine Szenenfolge mit dem Titel „Das Bett". Dieses Bett gehört nach und nach

verschiedenen historischen Persönlichkeiten, schließlich, zur Zeit des Wiener Kongresses, einer Madam Austria. Der Reihe nach sprechen Wellington, Talleyrand und Zar Alexander bei der Dame vor, doch das Techtelmechtel wird durch das Klopfen des jeweils Nächsten gestört, so daß der Ertappte stets im Bett Zuflucht suchen muß.
Der Sketch wurde – versteht sich – wegen der unverkennbaren Anspielungen auf die Besatzungsmächte verboten. Die Begründung der sowjetischen Zensurbehörde lautete: „Ein russischer Diplomat gehen nix mit Stiefel in Bett!"

Treffend

Anfang der fünfziger Jahre beschloß man, dem Regisseur Max Reinhardt ein Denkmal zu setzen. Was lag näher, als dies an der Stätte seiner Arbeit, also am Wiener Josefstädter Theater, zu tun. Man ließ also seinen Kopf in Bronze gießen und brachte diesen dergestalt über dem Eingang zum Theater an, daß er mit dem Gesicht aus der Mauer schaute. Nach der Enthüllung des Reinhardt-Kopfes blickte Direktor Rudolf Steinböck eine Weile sinnend zu dem Gebilde hinauf und meinte dann: „Jaja, sehr treffend. Er hat immer mit dem Kopf durch die Wand wollen!"

Pedro der Kleine

Zu Beginn der fünfziger Jahre lief im Wiener Kabarett „Simpl" – „ein größenwahnsinnig gewordenes Nudelbrett" nannte Maxi Böhm die Bühne –

das Programm „Kolumbus entdeckt Amerika". Fritz Muliar war Kolumbus, ein junger Nachwuchskünstler mimte seinen Steuermann Pedro. Das aufstrebende Talent sollte, laut Rolle, auch ein paar Takte singen. Während der Probenarbeit gab Karl Farkas, der Regie führte, Muliar die Anweisung: „Singen Sie das selber! Unser junger Kollege da hat leider keine Stimme!"

Aus dem jungen Mann ohne Stimme ist mittlerweile ein mehrfacher Plattenmillionär geworden. Sein Name: Peter Alexander.

Schlag-Zeile

Bei den Bundespräsidentenwahlen 1951 kam es zu einer Stichwahl, da keiner der Kandidaten im ersten Wahlgang die absolute Mehrheit hatte erringen können. Bei dieser zweiten Wahl siegte der Kandidat der Sozialistischen Partei, Theodor Körner, über jenen der Volkspartei, Heinrich Gleißner. Am selben Tag, dem 27. Mai, besiegte die österreichische Fußballnationalmannschaft Schottland im Wiener Stadion. In der kommunistischen „Volksstimme" stand am nächsten Tag zu lesen: „Gleißner und Schottland geschlagen."

BBBBB – oder: Der fünffache Breitner

Bei diesen Wahlen kandidierte neben den beiden Favoriten Körner und Gleißner auch ein Kandidat des VdU, der Innsbrucker Chirurg Burghard Breitner. Er wurde von den ÖVP-Wahlkämpfern mit folgendem stabreimenden Slogan angegriffen: „Burghard Breitner, bleib' beim Blinddarm!"

Auto-ren

Mit hochgespannten Erwartungen reiste Paul Celan im Frühjahr 1952 zur Tagung der Gruppe 47 nach Niendorf an der Ostsee. Es war sein erster Aufenthalt in Deutschland. „Ich war so neugierig auf meine erste Begegnung mit jungen deutschen Autoren", erzählte er später. „Ich fragte mich, worüber sie wohl reden werden. Und worüber haben sie geredet? Über Volkswagen!"

Immer diese Österreicherinnen

Bei derselben Niendorfer Tagung der Gruppe 47 im Jahre 1952 erhielt Ilse Aichinger für ihre „Spiegelgeschichte" den Preis der Gruppe 47 nach einer Stichwahl gegen Walter Jens. Im Jahr darauf kandidierte Walter Jens abermals. Bei der ersten Abstimmung erreichte er gleich viel Stimmen wie Ingeborg Bachmann. Das war zu viel für ihn. Er sprang vom Stuhl auf und schrie: „Ich habe es satt, immer wieder mit österreichischen Damen in Konkurrenz zu treten!"

Der protokollarische Hut

In der Nachkriegszeit besuchten Figl und Schärf einen europäischen Königshof. Mit dabei war auch Bruno Kreisky, damals noch Legationssekretär im Außenamt. Das Protokoll schrieb Zylinder vor, den aber keiner der Österreicher im Gepäck hatte. In letzter Minute ließ sich noch ein Zylinder auftreiben, der aber nur dem rangniedrigsten Delegationsmitglied – eben Kreisky – paßte. Der Weisheit letzter Schluß: Als der Audienzsaal betreten wurde, schritt Figl – den Zylinder in der Hand – voran, übergab ihn in einem unbemerkten Augenblick an Schärf, der ihn schließlich an Kreisky weiterreichte ...

Der Bär im eigenen Garten

Der glühende Antikommunist Raab war – was die Kontakte zur Besatzungsmacht Sowjetunion bis zur Erlangung des Staatsvertrags betrifft – ein pragmatischer Realist und gewiefter Taktiker. Er sah ein, daß es sinnlos wäre, die Sowjets zu verärgern. Er sagte: „Es nützt nichts, wenn man den russischen Bären, der mitten im österreichischen Garten drinnen steht, immer wieder durch lauttönende Sonntagsreden in den Schwanzstummel zwickt, sondern es ist viel zweckmäßiger, daß sich die Öffentlichkeit und die Presse einmütig darum bemühen, überflüssige Spitzen zu vermeiden."

Die vier Elefanten im Ruderboot

Während der von Leopold Lindtberg 1951 gedrehte Film „Die Vier im Jeep" die Besatzungsmächte eher freundlich glossierte, kursierte in den Jahren bis zum Staatsvertrag auch die viel kritischere Rede von den „vier Elefanten im Ruderboot". Sie ging auf Dr. Karl Renner zurück, der in einer Rede im Jahr 1947 erstmals diese griffige Formulierung wählte: „Es ist nicht leicht, das österreichische Ruderboot auf dem Strom seines Schicksals zu steuern. Vier Elefanten sind ein viel zu großer, schwer zu handhabender, äußerst verdrießlicher und nicht minder gefährlicher Ballast. Noch dazu, wenn diese vier Elefanten sich nicht so ruhig verhalten, wie es die mangelnde Stabilität eines Ruderboots verlangt, wenn sie zu drängeln anfangen und gegeneinander bocken."

Der „Herzerlkrieg"

Der Wahlkampf 1949 ist als „Herzerlkrieg" in die Geschichte der Nachkriegszeit eingegangen. Das zunächst positiv gemeinte Plakat der SPÖ, welches das Kinderfreunde-Herz groß herausstellte („Wiener Herzen wählen die sozialistische Partei"), wurde von der ÖVP in einem Gegenplakat aufgegriffen. Es bildete zwei Herzen ab und suggerierte mit dem Slogan „Alte Liebe rostet nicht" ein weiterhin bestehendes Nahverhältnis zwischen den Sozialisten und den Kommunisten. Auf diesen alten „Rote Katze"-Vorwurf reagierte nun ihrerseits die SPÖ in Anknüpfung an die „Figl-Fischerei" vom Frühjahr 1947 offensiv und zeigte auf ihrem neuen Plakat, wie sich ÖVP und KPÖ in der Gestalt zweier Köter gemeinsam am Ring des roten Herzens der SPÖ die Zähne ausbeißen. Da konnte schließlich auch die KPÖ nicht länger passiv bleiben und prangerte auf ihrem Antwortplakat die Packelei der Großen Koalition an: „Zwei Herzen – ein Sinn" war darauf zu lesen.

Der eben erst gegründete und erstmals wahlwerbende VdU hielt sich aus dem „Herzerlkrieg" heraus, jedoch nicht ohne aus dieser Abstinenz politisches Kapital schlagen zu wollen. „Sie plakatieren – wie siegen", verkündete sie selbstbewußt. Tatsächlich gelang es ihr, mit einer knappen halben Million an

Wählerstimmen die absolute Mehrheit der ÖVP zu brechen. In den folgenden Wahlen fiel sie jedoch deutlich hinter diese Erfolgsmarke eines fulminanten Beginns zurück.

Figl von Österreich

Staatsempfang im Außenamt unter Minister Figl. Gegen Ende der Veranstaltung sagte Figl, zu seinem Staatssekretär Kreisky gewandt: „Was wissen Sie schon von ihrer Partei? Ich war immerhin mit Baron Eifler, dem Führer des republikanischen Schutzbundes, und Chefredakteur Austerlitz von der Arbeiter-Zeitung im KZ." Kreisky darauf halblaut: „Austerlitz war damals schon längst tot." Figl ließ nicht locker und blickte sich triumphierend in der Runde um: „No, was hab ich g'sagt: Was weiß Kreisky schon von seiner Partei?"

Der verkaterte Poldi

Leopold Figl war humorvoll genug, auch Karikaturen, die Anspielung auf seine Trinkfestigkeit machten, „wegzustecken". Ein SPÖ-Wahlplakat aus dem Jahre 1949 mit dem Slogan „Die Katze läßt das Mausen nicht" zeigte Figl als struppigen schwarzen Kater und mit knallroter Nase. Während der damalige ÖVP-Vizebürgermeister von Wien, Weinberger, heftig dagegen wetterte, meinte Figl zum Gestalter des Plakats, Victor Slama, daß er gegen die rote Nase gar nichts einzuwenden hätte, nur das Fell könnte etwas weniger struppig sein.

Schmeck's

Obwohl Österreich mit Leopold Figl einen sehr populären Bundeskanzler hatte, galt in der ÖVP der St. Pöltner Baumeister Julius Raab als starker Mann. Schon nach den Novemberwahlen 1945 sollte Raab in das Kabinett Figl I aufgenommen werden. Die Sowjets erhoben Einspruch dagegen, weil Raab im letzten Vorkriegskabinett, unter Schuschnigg, Handelsminister gewesen war. Schließlich einigte man sich darauf, ihn zum Klubobmann der ÖVP zu machen. Gespräch zwischen Raab und seinem Sekretär: „I wer net Minister!“ „Warum net?“ „Die Russen san dagegen!“ „Was mach' ma jetzt?“ „Mir gengan ins Parlament.“ „Was mach ma dort?“ „Des wirst scho sehn.“

Differenzierte Sozialpartnerschaft

Raab, der Baumeister, und Johann Böhm, Bauarbeiter, verkörperten die österreichische Sozialpartnerschaft der Nachkriegszeit. Trotzdem kannte der Pragmatiker Raab durchaus die ideologischen Grenzen dieses Konzepts. Als ihn Gewerkschaftsbundpräsident Böhm wieder einmal mit großen Forderungen bestürmte, gab er ihm zu verstehen: „Weil es früher allen gleich schlecht gegangen ist, deshalb muß es jetzt nicht allen gleich gut gehen!“

Sozialpartnerschaftsmodell „Bau“

Im Februar 1953 wurde Julius Raab, Baumeister aus St. Pölten, von seiner Partei zum Bundeskanzler nominiert. Eine der ersten Maßnahmen der neuen

Regierung war die Neufestsetzung des Schillingkurses. Im Parlament wurde darüber geheim abgestimmt. Nachher fragte Raab den Präsidenten des Gewerkschaftsbundes, Johann Böhm, der aus dem gleichen Gewerbe kam (er war Bauarbeiter gewesen): „Sag Schani, wie hast denn g'stimmt?" – „Julius", antwortete Böhm, „der Polier stimmt meistens wie der Master."

Einmal mit und einmal ohne

Wie in allen Koalitionsregierungen gab es auch unter Bundeskanzler Raab immer wieder Kompetenzstreitigkeiten; so war eines der Streitthemen, ob Raab in Begleitung des Vizekanzlers ins Ausland reisen solle oder nicht. Nach der Rückkehr von einer solchen Auslandsreise wurde Raab gefragt: „Herr Bundeskanzler, warum sind Sie nach Moskau in Begleitung des Vizekanzlers, nach Washington aber allein gefahren?" „Schaun Sie", meinte Raab, „in Washington hab i mi net so g'fürcht."

Raab-Kamitz-Kurs

Die ökonomische Wende zum Besseren wurde durch die kluge Wirtschaftspolitik von Raabs zuständigem Minister Reinhard Kamitz eingeleitet. Trotzdem war es Raab ein Dorn im Auge, wenn man vom „Raab-Kamitz-Kurs" sprach: Er duldete keine Nebengötter an seiner Seite ...

Konziliant

Lange Zeit hatte Eduard Heinl das Handelsressort inne, dem er schon in der Ersten Republik vorgestanden hatte. Ihm ging der Ruf voran, besonders konziliant und liebenswürdig zu sein. Als ihm eines Tages zwei höhere Beamte völlig konträre Ansichten eines Falles vorgetragen hatten und beide mit der Ansicht beschieden worden waren, sie hätten recht, wunderte sich Heinls Sekretär: „Verzeihen Sie, Herr Minister, das verstehe ich nicht, beide können doch nicht recht haben". Da meinte Heinl, freundlich lächelnd. „Sie haben ganz recht."

Der dreifache Illig

1953 wurde der dreifache Doktor Udo Illig Handelsminister. Als ihm ein Geschäftsmann einen Brief schreiben wollte und diktierte: „An Herrn Dr. Dr. Dr. . . ." unterbrach ihn die Sekretärin: „Entschuldigen Sie, stottern Sie oder schreiben wir einen Brief an den Handelsminister?"

Super-Ressort

Dr. Ernst Kolb war Handels-, dann Unterrichtsminister und wechselte schließlich an die Universität. „Nennen wir ihn einfach den Handelsschulminister", schlug einer seiner Kollegen im Kabinett vor.

Wer weiß?

Österreichs Grundkonsens nach dem Zweiten Weltkrieg beruhte neben der Sozialpartnerschaft auf dem Antikommunismus; darin waren sich Schwarz und Rot immer einig. Als es zwischen dem stellvertretenden sowjetischen Ministerpräsidenten Anastas Mikojan und Innenminister Helmer eine Verstimmung gegeben hatte, Mikojan aber kurz darauf Helmer und die gesamte Regierung nach Moskau einlud, meinte dieser lakonisch: „I kummert ja gern, wenn i nur wüßt, ob i a wieder zruck kumm."

Lautverschiebung

Fritz Kortner hatte immer ein paar gallebittere Bonmots auf Lager, wenn es galt, den „ewigen Österreicher" zu charakterisieren. Als er aus der Emigration nach Wien zurückgekehrt war und man ihn fragte, wie es ihm gefalle, meinte er: „Sehr gut! Man sollte nur einmal eine andere Besetzung versuchen."

Den Österreichern ging es aber mehr darum, die Besatzung loszuwerden und ihre Freiheit wiederzuerlangen. Anfang 1955 gab es günstige Vorzeichen für ein Gelingen dieses Vorhabens.

NICHT MEHR WIEDERZUERKENNEN

Der Staatsvertrag und die Folgen

Die Moskaureise
Am 11. April 1955 flog eine österreichische Abordnung unter der Leitung von Bundeskanzler Raab zu Staatsvertragsverhandlungen nach Moskau. Kreisky, damals einer der Delegationsteilnehmer, rekapitulierte: „Eine lange Reihe schwarzgekleideter Herren, also das ganze diplomatische Korps der sowjetischen Hauptstadt, war zu unserem Empfang erschienen, wie wir das immer wieder in Filmen gesehen hatten. Es war also wirklich was los. Auf der anderen Seite befand sich eine große Schar von Männern, die wir nur von den Zeitungen her kannten, nämlich die Mächtigen des Kreml. Und ganz rechts hatte das Moskauer Gardebataillon mit seiner großartigen Musikkapelle Aufstellung genommen, welche die österreichische Bundeshymne auswendig spielte. Da schien nun manchem von uns doch irgendwie aufzudämmern, daß hier Besonderes vor sich gehen würde. In etwas vorlauter Weise, als der Jüngste, habe ich mir erlaubt, beim Anblick dieses Aufgebots zu meinen drei vorgesetzten Herren Raab, Schärf und Figl zu sagen, daß ich glaube,

wenn man uns mit so viel Sang und Klang empfängt, daß man uns kaum wieder sang- und klanglos wird wegfahren lassen können."

Antikommunistisch, aber höflich

Trotz seines Antikommunismus verstand es Raab, mit der sowjetischen Besatzungsmacht gute Beziehungen zu unterhalten, solange der Staatsvertrag noch nicht unter Dach und Fach war. Als er deswegen angegriffen wurde, verteidigte er sich mit den Worten: „Ich stamm halt aus einem bürgerlichen Elternhaus. Dort hat man gelernt, ‚Bitte' zu sagen, wenn man was will, und ‚Danke', wenn man es bekommen hat."

Einschlagende Wirkung

Bei den Staatsvertragsverhandlungen in Moskau wurde hart um die finanziellen Forderungen der Russen gefeilscht. Der gerissene Armenier Mikojan verlangte als Ablöse für die DDSG eine Summe von 2,8 Millionen Dollar.

Raab: „Ich gebe Ihnen 2 Millionen und keinen Cent mehr." Und er streckte Mikojan zum Einschlagen die Hand über den Tisch, so wie es eben ein St. Pöltner Baumeister mit seinem Ziegellieferanten zu machen pflegt – und Mikojan schlug ein.

Unterschiede

Bei einer Feier zu Ehren der österreichischen Delegation, die zu den Abschlußverhandlungen über den Staatsvertrag nach Moskau gekommen war, bezeichnete Chruschtschow halb im Scherz Raab als Kapitalisten. „Herr Chruschtschow", meinte Raab und blickte auf die überreich gedeckte Tafel, „der eine bleibt sein Lebtag ein armer Kapitalist, der andere bringt's zum reichen Kommunisten ..."

Neutralität verpflichtet

Vor dem Abschluß der letzten Verhandlungen über den Staatsvertrag luden die Sowjets die gesamte österreichische Regierungsdelegation ein, ihre Ferien in der Sowjetunion zu verbringen. „Das geht leider nicht", meinte Bundeskanzler Raab, „wir habn uns doch grad auf die immerwährende Neutralität geeinigt, da können wir doch net Urlaub auf der Krim machen."

Feierabend

Bei der Vorbereitung des Moskauer Memorandums 1955 wurde es spät. Nach einem großen Bankett im Kreml bei Kaviar und Wodka sollte weiterverhandelt werden. Raab war dafür, während Schärf sagte, er habe in seiner Anwaltspraxis nach 21 Uhr grundsätzlich nichts mehr unterschrieben. Kreisky mußte den Sachverhalt den Russen erklären und meinte zu Molotow: „Lassen wir's heute." Der schüttelte den Kopf – ließ es aber gut sein.

Net amal in die Schuach

Bei einer Feier mit einer russischen Delegation trank Bundeskanzler Raab Wodka, Chruschtschow und Schärf dagegen begnügten sich mit Fruchtsaft. Brummte Raab, zum Dolmetscher gewandt: „Sagn S' dem Herrn Ministerpräsidenten, des Safterl möcht' i net amal in die Schuach hab'n."

War's doch die Reblaus?

Um die Gespräche in Moskau, vor allem um die Unmengen von Alkohol, die vor, während und nach den Verhandlungen geflossen sein sollen, ranken sich viele Legenden. Wer die sowjetische Praxis der damaligen Zeit kennt, weiß – so erinnert sich der spätere Bundespräsident Rudolf Kirchschläger –, daß man dort tatsächlich bei einem Dinner ein Dutzend Toasts über sich ergehen lassen mußte. Das war eben die Zeit, wo es zum sowjetischen Stil gehört hat, ein anständiges Glas Wodka zu trinken und große Mengen Kaviar zu essen. „Die Reblaus (‚Und jetzt, Julius, jetzt noch d'Reblaus, dann san s' waach') der Simplicissimus-Karikatur ist aber auf jeden Fall eine süße Übertreibung ..."

Ja, ja, der Wein

Weinprobleme gab es in Österreich übrigens auch schon zu Bundeskanzler Raabs Zeiten. Als man ihm einmal zu seiner obligaten Knackwurst, der „Beamtenforelle", einen schlechten Wein servierte, bemerkte er: „Der für diesen Wein verantwortliche Hauer gehörte statt in die Winzergenossenschaft in den Fachverband der Chemischen Industrie!"

Gen Osten

Bei einem Gespräch zwischen Raab und Chruschtschow sprach dieser die denkwürdigen Worte: „Herr Raab, aus dem Osten kommt nicht nur das Licht, sondern auch die Macht!" „Das kann schon stimmen", meinte Raab, auf die chinesisch-sowjetischen Differenzen anspielend, „aber auch Rußland hat seinen Osten!"

Verschlafen

Als junger Landesgerichtsrat und stellvertretender Leiter der Völkerrechtsabteilung im Außenministerium nahm Dr. Kirchschläger an den Vorbereitungen des Staatsvertrags teil. Am 14. Mai, am Vorabend der feierlichen Unterzeichnung, hatte er bis spät in die Nacht mit der Anfertigung der Übersetzungen und der Einholung der Unterschriften der Signatarmächte zu tun: „Um zwei Uhr früh war die Arbeit zu Ende, der Vertrag fertig geschrieben, dann hat ihn eine Buchbinderei gebunden, die nach einigen Angaben schon die Akte vom Wiener Kongreß gebunden hat."
Kein Wunder, daß Kirchschläger am nächsten Tag unmittelbar nach der Unterzeichnung in Tiefschlaf versank und erst am Abend zum Empfang im Schloß Schönbrunn wieder anwesend war. So hatte er nicht nur die Feiern in der Stadt, sondern – wie er mit Bedauern feststellte – auch den Festgottesdienst im Stephansdom regelrecht verschlafen.

Laß ma abstimmen?

Raabs manchmal ziemlich autokratische Einstellung

charakterisiert sehr gut folgende Episode: Nach Abschluß des Staatsvertrags waren starke Kräfte in der ÖVP für vorzeitige Neuwahlen, um den Publicity-Erfolg zu nützen. Raab war dagegen. In einer Sitzung der Bundesparteileitung redeten viele Neuwahlen das Wort, bis Raab ein Machtwort sprach: „Wenn i jetzt abstimmen laß, gibt's eine Mehrheit für Neuwahlen. Deswegen laß i net abstimmen. Die Sitzung ist geschlossen!"

Nicht zum Wiedererkennen

Nach der Unterzeichnung des Staatsvertrags traf Figl, der zu Verhandlungen über die Herabsetzung der Reparationszahlungen an die Sowjetunion in Moskau weilte, mit den ehemaligen sowjetischen Hochkommissaren zusammen, die in Wien im Hotel „Imperial" residiert hatten. Figl schlug ihnen vor: „Macht's doch einen Betriebsausflug ins Hotel Imperial! Es is nicht mehr zum Wiedererkennen!"

Und die Beleuchtung?

Ende 1955, kurz nach der Wiedereröffnung der Staatsoper, erfolgte die obligatorische Opernkrise und Herbert von Karajan übernahm die Direktion von Karl Böhm. Kurz danach inszenierte er „Pelleas und Melisande" von Débussy. Als ihm zu seiner Leistung als Dirigent gratuliert wurde, meinte er ungeduldig: „Dirigieren kann ich ja. Wie war die Beleuchtung?"

Villa ohne Wohnsitz

Die österreichische Finanz macht auch bei Genies keine Ausnahme. Meinte ein Finanzbeamter über Herbert von Karajans steuerliche Angaben: „Er sagt, er hat eine Villa, aber keinen Wohnsitz. Und das geht halt bei der Steuer nicht."

Universelle Nachfrage

Ein Rolls-Royce rast auf den Wiener Flughafen, stoppt mit quietschenden Pneus, es entschwebt Herbert von Karajan. Während sein Sekretär Mattoni das Gepäck versorgen läßt, begibt sich der Maestro an den AUA-Schalter: „Fräulein, rasch, geben Sie mir ein Ticket!"
„Gern", sagt die Schöne hinter der Glasscheibe. „Und wohin?" „Egal. Mich braucht man überall."

Wär'n Sie doch in Düsseldorf geblieben

Mit dem Selbstbewußtsein des Staates wuchs auch die Zuversicht seiner Bewohner. Die Künstler hatten sich meist ohnehin ihr Selbstvertrauen unbeschadet erhalten.
Raoul Aslan, das verkörperte Burgtheater-Pathos, hatte einst Probleme mit seinem Regisseur Gustaf Gründgens. Dieser fragte, woran das liege. Darauf Aslan volltönend: „Wir Burgschauspieler kommen aus Byzanz über Hellas und den Balkan nach Wien; Sie, Herr Gründgens, Sie kommen aus Düsseldorf!"

Die anderen

Raoul Aslan war berühmt für seinen kaustischen Witz. Bei einem Empfang eines ausländischen Botschafters wurde er von einem jungen, im Kulturleben Wiens noch wenig bewanderten Attaché gefragt: „Sind Sie auch vom Theater?“ Aslan blickte empört um sich, auf seine ebenfalls geladenen Bühnenkollegen, und grollte: „Die anderen, d i e sind vom Theater!“

Der Unbestechliche

Als Theaterkritiker war Hans Weigel infolge seiner Unbestechlichkeit gleichermaßen beliebt wie gefürchtet. Käthe Dorsch verabreichte ihm eine saftige Ohrfeige, weshalb man sich vor Gericht wiedersah – Direktor Adolf Rott wollte sie daraufhin zum Ehrenmitglied des Burgtheaters machen –, und eine ebenso nette wie ahnungslose Schauspielerin äußerte einmal: „Ich versteh das nicht: Da sitzt man Abende lang mit ihm im Café, und dann verreißt er einen!“

Danilo in Schwarz-Weiß

Johannes Heesters konnte es sich leisten, noch in fortgeschrittenen Jahren als Liebhaber in Operetten aufzutreten. Als er nach dem Krieg im Theater an der Wien den Danilo in der „Lustigen Witwe“ sang, meinte er: „Früher hab ich den Danilo im weißen Frack mit schwarzen Haaren gesungen, jetzt singe ich ihn im schwarzen Frack mit weißen Haaren.“

Alles, was recht ist
Julius Raab galt als autoritär, als Mann der einsamen Entschlüsse. Einmal informierte man ihn von einer politischen Entscheidung, die getroffen worden sei, weil sie bei den Leuten gut ankam. „Ah so", meinte Raab, „gut ist also, was den Leuten gefällt? Ich hab immer geglaubt, eine gute Politik ist, wenn man tut, was richtig is!"

Der Nehru glaubt's
Raab war und blieb ein standhafter Antikommunist. Als ihm einst der indische Ministerpräsident Pandit Nehru von den Vorzügen der Sowjetunion vorgeschwärmt hatte, meinte Raab trocken: „Er hat mir so viel Schönes erzählt. Und das Schönste war: Er glaubt's." Und später meinte er: „Der Nehru is so hoch über Rußland g'flogn, daß er den Stacheldraht net g'sehn hat."

Fürstliche Schädlingsbekämpfung
Raab war bei einem Baumeister zu Gast, der eben die baupolizeiliche Kommission bewirtete, und zwar so üppig, daß sich der einschlägig versierte Bundeskanzler wunderte: „Das war aber a teurer G'spaß, wer zahlt denn das?" Worauf der Baumeister erwiderte: „Herr Bundeskanzler, das geht auf das Konto Schädlingsbekämpfung!"

Ferndiagnose

Raab legte wenig Wert auf Äußerlichkeiten. Als ihn sein Schneider wiederholt mahnte, zu einer Frackanprobe zu erscheinen, brummte Raab, zu seinem Sekretär gewandt: „Ruf ihn an und sag', er paßt schon!"

Titelamnestie

Österreich war und ist ein Land der Titel, in dem sich jeder fast nackt vorkommt, der kein „Dr." oder „Prof." vor seinen Namen setzen kann. So wurde auch mit dem Professorentitel geradezu verschwenderisch umgegangen, was seinen Wert nicht eben erhöhte. Tröstete Hans Moser einen Kollegen, der eben damit beehrt worden war: „Mach dir nix draus, s' kommt eh bald a Amnestie."

Regieanweisung für noble Rüpelszenen

Das alte Burgtheater war ein Ort der Würde, bevölkert von olympischen Gestalten. So soll ein Regisseur bei Proben zur Rüpelszene des „Sommernachtstraums" angeblich zwei beteiligten Schauspielern folgende Anweisung gegeben haben: „Und an dieser Stelle treten Herr Hofrat Herrn Professor in den Hintern!"

Lebenselexier Kaffee

Zum Schreiben benötigte der Nachtarbeiter Torberg absolute Ruhe, Einserbleistifte und Bottiche von Kaffee. Auf die Frage, wie er bei so viel Kaffeegenuß denn gesund bliebe, gab er zur Antwort, er könne nicht vom gesund Leben leben, sondern er lebe von seiner Arbeit, seinem Schreiben, und dazu benötige er Kaffee. „Ich bin 70 Jahre", fügte er hinzu. „Wenn ich keinen Kaffee trinken würde, wäre ich jetzt vielleicht 72."

Der Schärf hat's gut

Bundeskanzler Raab fuhr gemeinsam mit dem damaligen Staatssekretär Kreisky eines Abends im Auto nach Hause. Meinte plötzlich Raab: „Der Schärf hat's gut. Der hat Leut' wie Sie in der Partei." Darauf Kreisky: „Aber Sie haben doch auch den ..." Kurze Pause, dann wieder Raab: „Der erzählt den Leuten zuviel, dann fangen s' zu denken an und denken gegen ihn ..."

Betriebs-Rat

Während einer Sitzung der Paritätischen Kommission für Lohn- und Preisfragen hörte sich Raab die Ansichten des Arbeiterkammersekretärs Josef „Happy Pepi" Staribacher über Produktivität, Rationalisierung und Betriebsführung an. Schließlich meinte er: „Wissen Sie was? Ich geb' Ihnen a Konzession, machen'S an Betrieb auf, und in an halben Jahr kommen' S wieder und sagen mir, wie's Ihnen geht."

Happy Pepi – ein begründeter Vorgriff

Staribacher befolgte Raabs Rat nur indirekt. Er „machte seinen Doktor" und diente viele Jahre als Handelsminister im Kabinett von Bruno Kreisky. Als er im Jahre 1983 aus dem Amt schied, meinte er über den Fortbestand seines Spitznamens: „Happy bleib i immer und Pepi steht im Taufschein."

Vergleichsweise

1960 erhielten Oskar Kokoschka und Marc Chagall gemeinsam den vom holländischen Königshaus gestifteten Erasmuspreis. Vor der Verleihung stand man im Audienzsaal des Schlosses Charlottenborg bei Kopenhagen beisammen, das Sektglas in der Hand: Marc Chagall und Frau Wawa, O.K. und Frau Olda und einige ausgewählte Zelebritäten. Prinz Philip von England eröffnete das Gespräch, indem er sich an O.K. mit der Frage wandte, wieviele Bilder er denn so im Jahre male? Kokoschka antwortete mürrisch: „So Stücker zwei bis drei!"
Prinz Philip: „Das ist aber nicht viel!"
Kokoschka, mit dem Daumen auf Chagall deutend: „Jaja, fliegende Esel maln is leichter!"

Raab informiert

Auf der Tagesordnung einer Sitzung des Parlamentsklubs der ÖVP stand als wesentlichster Punkt: „Bericht des Herrn Bundeskanzlers über seine Amerikareise."
Und nun war man bis zu ihm gelangt, aber Raab traf nicht die geringsten Anstalten, das Wort zu ergrei-

fen. In seiner nächsten Nähe saß Nationalrat Stürgkh. Er war damals wohl der älteste im Klub, ganz gewiß aber der liebenswürdigste, und so wandte er sich ungemein verbindlich an den Kanzler: „Verzeih, aber wir wären nun beim Tagesordnungspunkt ‚Bericht des Herrn Bundeskanzlers über seine Amerika-Reise'."
Raab nahm die Virginier aus dem Mund und sprach: „Was soll i denn berichten? Drüben g'wesen bin i halt. Das wißt's eh." Aus.
Vom noch ausständigen Tagesordnungspunkt „Allfälliges" machte verständlicherweise niemand mehr Gebrauch. Die Sitzung war geschlossen.

Die Sauwette

Anläßlich seines Staatsbesuchs im Juli 1960 schloß der sowjetische Gast Nikita Chruschtschow mit dem niederösterreichischen Landeshauptmann Figl auf dessen Bauernhof in Rust im Tullnerfeld eine denkwürdige Wette ab: Er wettete eine Sau, daß das sowjetische Saatgut für Kukuruz (Mais) zehnmal besser sei als das bisher verwendete österreichische. Im Jahr darauf wurde diese als „Sauwette" viel kommentierte Wette amtlich entschieden. Der abgeerntete Mais wurde in der Bundesanstalt für Pflanzenbau einer genauen Prüfung unterzogen. Ergebnis: Das sowjetische Saatgut hatte hinsichtlich des Ertrags im Vergleich sogar schlechter abgeschnitten. Figl bekam das Schwein.

Forum-Sache

Gemeinsam mit Alexander Lernet-Holenia gründete

Friedrich Torberg die Monatszeitschrift „Forum“, die er zu Österreichs aufregendstem, geistvollstem Periodikum machte. Zwölf Jahre lang stritt er darin gegen Kommunismus und Unbegabtheit und machte Jagd auf die, wie er sie nannte, „Brechtokokken“. Eines Morgens sagte er zu Günther Nenning, der in der Redaktion einen rosaroten Kurs steuerte: „Ich habe heute beim Frühstück das Forum gelesen. Das bin nicht mehr ich, das sind Sie. Machen Sie's weiter.“
Und nach seinem Rückzug: „Das neue Forum ist die Zeitschrift, zu deren Bekämpfung das alte Forum gegründet wurde.“

Doppelnull-Lösung
Die Gewerkschaft Druck & Papier führte mit Bundeskanzler Dr. Alfons Gorbach Verhandlungen über die Steuerfreibeträge. Die Gespräche führten zu keinem Ergebnis und die Sitzung wurde für interne Beratungen der Beteiligten unterbrochen. Im Pissoir des Bundeskanzleramts trafen sich dann unvermutet die beiden führenden Kontrahenten. Der Obmann der Gewerkschaft, Arnold Steiner, machte bei dieser Gelegenheit einen Lösungsvorschlag, den bisherigen Beitrag einzufrieren und alles darüber Hinausgehende zu versteuern. Gorbach fand dies einen überlegbaren Kompromiß und brachte ihn dann selbst bei der wiederaufgenommenen Verhandlung ins Spiel. Man einigte sich rasch auf diesen Vorschlag, und das Übereinkommen wurde fortan nur noch als „Doppelnull-Lösung“ bezeichnet.

ES LEBE DER PROPORZ

Großkoalitionärrische Eskapaden

Proporz ist
Ende 1947 trat mit Energieminister Dr. Altmann das letzte kommunistische Regierungsmitglied zurück. Es etablierte sich die Große Koalition zwischen ÖVP und SPÖ, die 19 Jahre lang halten sollte. Der Einsatz für den Kompromiß hieß Proporz. Von Julius Raab stammt eine treffende Definition des Proporzes. „Proporz ist", meinte er, „wenn i überall, wohin i kumm, statt aner Hand zwei Händ schütteln muß."

Zeilenzählerei
Als erste „freie" Zeitung, die nicht unmittelbar den Besatzungsmächten unterworfen war, erschien das „Neue Österreich". Sie war ein Musterbeispiel des Proporzes: Die leitenden Redakteure wurden von den Parteizentralen eingesetzt und erhielten von dort ihre Instruktionen, während die Redaktionen das Proporzsystem bis zur Absurdität weiterführten. Sie stimmten die Meldungen aus den verschiedenen Parteizentralen und Reden der Parteiführer so lange

aufeinander ab, bis sie exakt dieselbe Zeilenlänge aufzuweisen hatten. Hellmut Andics, der seine Journalistenlaufbahn 1946 beim „Neuen Österreich" begann, sollte während seiner Tätigkeit bis 1950 noch oft mit dieser grotesken „Zeilenzählerei" befaßt werden.

Taktik

Wie im benachbarten Ungarn und in Rumänien gab es auch in der österreichischen sozialistischen Bewegung Stimmen, die für eine Volksfront plädierten und eine Aktionseinheit mit den Kommnunisten der Zusammenarbeit mit der ÖVP vorgezogen hätten. Es war vor allem Dr. Adolf Schärf, der sich vehement dagegen aussprach und schließlich auch die Mehrheit hinter sich hatte. Er war ein behutsamer Stratege. Sein Rezept für eine dauerhafte Zusammenarbeit mit der ÖVP lautete folgendermaßen: „Wir müssen unsere Taktik so einrichten, daß die ÖVP gerade noch mitkommt."

Kriegslist

Im Oktober 1952 war die Koalition angesichts ergebnisloser Budgetverhandlungen praktisch schon gescheitert. Figl und Schärf wollten beim Bundespräsidenten Körner um die Demission einreichen, dem aus staatspolitischen Gründen jedoch nicht daran gelegen war, die Koalition auseinanderbrechen zu sehen. So ließ er dem Kanzler und seinem Vize einfach ausrichten, daß er sie unmöglich empfangen könne, weil er dringend zu einer Rathauseinweihung nach Villach fahren müsse.

Als er zurückkam, waren die Hitzköpfe abgekühlt, ein gemeinsames Budgetprovisorium lag auf dem Tisch. Körner konnte die Demission annehmen und Figl und Schärf mit der Weiterführung der Koalitionsregierung betrauen. Die Taktik des Bundespräsidenten, der nicht ohne Grund einmal dem Generalstab angehört hatte, war voll aufgegangen; im Hintergrund der Aktion ist aber auch die umsichtige Regieführung seines Beraters, des jungen Dr. Kreisky, unschwer auszumachen.

Helmer pragmatisch

Innenminister Oskar Helmer war das, was man heute einen „Macher“ nennen würde. Pragmatisch orientiert und ideologisch flexibel, wurde er oft der „Packelei“ bezichtigt. Auf die Frage, ob seine großkoalitionäre Kompromißbereitschaft ein vertretbarer Weg zum Sozialismus sei, gab er einmal folgendes zu bedenken: „Des hab i schon oft g’hert, aber ham die großen Ideologen uns zum Sozialismus g’führt? Is es net besser, daß ma a Einheitsgewerkschaft habn, so wie jetzt, daß die Sozialpartnerschaft das Wirtschaftsleben in Österreich aufrechterhält und daß die Schlüsselindustrie und de Banken zum Teil sozialisiert san?“ Und mit vorgeschobenem Kinn setzte er hinzu: „Mia red’n net viel, mia machn’s!“

Der Neinsager

Pittermann, der auf Adolf Schärf als Vizekanzler und Parteiobmann der SPÖ nachfolgte, hatte sich in den Jahren der Koalition den Ruf eines konsequenten Neinsagers erworben und wurde so zum österreichischen Gegenstück des sowjetischen „Mr. Njet", wie Molotow genannt wurde, der mit seinem kategorischen „Njet" den erfolgreichen Abschluß der Staatsvertragsverhandlungen so lange hinauszögerte.

Zu Fleiß

Der Fall Habsburg wurde zu einer Dauerbelastung für die Koalition. Otto von Habsburg, Sohn des abgedankten letzten Kaisers von Österreich, mußte in der Nachkriegszeit Österreich verlassen und ließ sich in Bayern nieder. Anfang der sechziger Jahre wollte er zurückkehren. Die Emotionen wogten quer durch die Parteien; da gab es überraschende Kontakte zwischen Pittermann und Broda und Unterhändlern des Kaisersprosses. Pittermann: „Ich werde es mir überlegen, ob ich nicht doch Raab etwas zu Fleiß mache und den Dr. Habsburg hereinlasse!"

Ein Königreich für einen Botschaftsposten

Als der österreichische Botschafter in der Sowjetunion, Dipl.-Ing. Karl Waldbrunner, zum Minister eines Super-Ressorts bestellt wurde, welches das ehemalige Verkehrsministerium, das Energieministerium und die neugeschaffenen Verstaatlichten Betriebe zusammenfaßte, wurde dafür im Volksmund die Bezeichnung „Königreich Waldbrunner" gefunden.

Koalition ist

Zwei schöne und immer noch (schon wieder?) aktuelle Definitionen der Großen Koalition stammen von Bundeskanzler Alfons Gorbach und dessen Vizekanzler Bruno Pittermann. „Die Koalition“ sagte Gorbach, „ist eine Firma, deren Bücher nicht stimmen, weil die Teilhaber die Verluste der Kompagnons jeweils als ihre Gewinne verbuchen.“ Pittermann definierte etwas freundlicher: „ Die Koalition ist eine Ehe, in der man sich über das Wirtschaftsgeld einigt, aber um das Körberlgeld streitet.“

Flaschen

Die Große Koalition wurde von ihren Kritikern mit vielen nicht gerade schmeichelhaften Attributen belegt. In Erinnerung ist noch heute die scherzhafte Unterstellung, die Koalition sei eine Regierungsbrauerei, in der die ÖVP die Niederlagen und die SPÖ die Flaschen liefere.

MAUSGRAU, UNAUFFÄLLIG, NEUTRAL

Von der Bundesheerlichkeit

Julius meldet sich zur Stelle
Julius Raabs Eintritt in die erste Nachkriegsregierung wurde zunächst von den Sowjets torpediert. 1953 war es für den wortkargen St. Pöltner dann soweit. Als Raab zum Bundeskanzler vorgeschlagen wurde und beim Bundespräsidenten Körner vorsprach, der – so wie er – in der k.u.k. Armee gedient hatte, betrat er dessen Amtsräume mit den Worten: „Herr Oberst, Sappeuroberleutnant der Reserve Julius Raab meldet sich gehorsamst zur Stelle."

Traditionsbewußt
Kurz nach der Aufstellung des österreichischen Bundesheeres 1955 wurde Julius Raab in Deutschland gefragt, warum die Wiederbewaffnung im Gegensatz zur Bundesrepublik so reibungslos vor sich gegangen sei. Raab darauf: „Schaun Sie, wir haben halt eine viel ältere militärische Tradition ..."

Unser Wappentier

Das Gesetz über die immerwährende Neutralität Österreichs fand in der Bevölkerung nicht nur Gegenliebe. Man fürchtete „Neutralismus", „Verzicht auf Teilnahme an der Geschichte" etc. Alfred Maleta, damals noch Generalsekretär der ÖVP, trat solchen Befürchtungen mit der ihm eigenen Gelassenheit entgegen: „Ich verstehe das alles nicht: Österreichs Wappentier ist ja noch immer der Adler und nicht der Vogel Strauß ..."

Kein trojanisches Pferd

Manche Österreicher standen der Neutralität skeptisch gegenüber, weil sie befürchteten, daß sich Österreich damit die Rolle einer Art „Trojanisches Pferd" einhandle. Erst die aktive Haltung der jungen Republik während des Ungarn-Aufstandes von 1956 zeigte, daß die Neutralität aktiv eingesetzt werden konnte. Nun sahen sie ein – so der für die Redaktion der Verfassungsbestimmung 1955 mitverantwortliche Dr. Kirchschläger –, „daß dieses Pferd so trojanisch nicht war: Es hatte keinen vollen Bauch und es kamen keine bösen Krieger heraus."

Führungsqualitäten

Alexander Lernet-Holenia hatte in beiden Weltkriegen als Offizier gedient. Bei einem Empfang behauptete er im Gespräch, daß von allen Persönlichkeiten, die hohe Posten bekleiden, nur etwa zehn Prozent ihrer Aufgabe gewachsen seien. „Sie sind also allen Ernstes der Meinung, daß nur zehn

Prozent unserer Generale für ihre Kommandos befähigt sind?" brauste ein Militär auf.
„Nein, nein", beschwichtigte Lernet-Holenia, „bei Offizieren ist der Prozentsatz selbstverständlich niedriger."

Preisfrage
Und noch ein tierischer Vergleich sei in diesem Zusammenhang angeführt, der die martialischen Anspiegelungen wieder auf das rechte Maß zurückschraubt. Ein Bundesheer-Ausspruch, mit dem schon mehrere Generationen von Österreichern auf ihre gesunde Skepsis dem Heer und allem Militärischen gegenüber vorbereitet wurden: Was ist klein, grau, liegt im Feld und zittert? Keine Maus – das österreichische Bundesheer!

WIR MACHEN ES ALLEINE

Im Reich des Sonnenkönigs

Vorsorglich
Im Jahre 1966 schlug der Großen Koalition der Nachkriegszeit und des Wiederaufbaus das letzte Stündchen. Die ÖVP errang unter ihrem Spitzenkandidaten Dr. Josef Klaus die absolute Mehrheit und konnte allein regieren. Bundeskanzler Klaus, in Kärnten geboren und vor seiner Berufung zum Finanzminister Salzburger Landeshauptmann, folgte seinem Mentor Alfons Gorbach, dem aus Tirol gebürtigen Steirer, im Amt. Klaus war von seinen Aufgaben als Staatsmann geradezu missionarisch überzeugt. Wohl zur Vorbeugung hängte seine Frau ein Bild von Mahatma Gandhi über dem Schreibtisch in seinem Arbeitszimmer auf. Es sollte Klaus an die Bescheidenheit erinnern.

Die Schwarzen am Schwarzen Meer
Bundeskanzler Klaus kam im zweiten Jahr seiner Regierung auf Staatsbesuch nach Rumänien. Bei der Erstellung des Besuchsprotokolls war ein Irrtum unterlaufen, und so wäre die Maschine, eine Cara-

velle der Austrian Airlines, um ein gute Stunde zu früh gelandet. Die Zeitverschiebung betrug nämlich nur eine Stunde und nicht, wie angenommen, zwei Stunden. Landen war aber unmöglich, denn der rote Teppich war noch nicht ausgerollt und auch die einheimische Prominenz noch nicht zur Stelle. So mußte der Flug noch rund sechzig Minuten lang fortgesetzt werden, und die Passagiere – darunter die begleitenden Journalisten – genossen einen unverhofften Rundflug über rumänisches Territorium. Besonders angetan waren sie dabei von der Schwarzmeerküste, die damals gerade erst anfing, im internationalen Tourismus auf sich aufmerksam zu machen.

Akzentuiert

Bundeskanzler Josef Klaus meinte, kroatisch zu können. Als geborener Kärtner hatte er in der Schule Slowenisch-Unterricht gehabt. Als Regierungschef bereitete er seinen Jugoslawienbesuch 1965 so intensiv vor, daß er in der Berlitz-School die Landessprache lernte. In Belgrad sprach Kanzler Klaus dann wirklich im Radio. Einen Tag kam er nach Zagreb. Damalige Frage der APA an einen Mann aus dem Volke: „Haben Sie den österreichischen Regierungschef im Rundfunk gehört?“ Die überaus kühle Antwort war: „Ja, aber er hat einen serbischen Akzent.“

Ungenutzte Fremdsprachenkenntnisse

Als Präsident des österreichischen PEN-Clubs besuchte Franz Theodor Csokor alle Bankette und Festempfänge. Er führte genau und weit vorausblikkend Buch über internationale Schriftstellerkongresse und ließ es sich angelegen sein, in der betreffenden Landessprache rechtzeitig den Satz „Herr Ober, reichen Sie mir bitte noch einmal von dieser Speise" auswendig zu lernen. Für die PEN-Tagung in Dubrovnik lernte er diesen Schlüsselsatz auf serbokroatisch. Die Tagung wurde kurzfristig abgesagt, und Csokor kam nie mehr in die Lage, seine serbokroatischen Sprachkenntnisse anzuwenden ...

Die Macht der Gewohnheit

Nach dem SPÖ-Wahlsieg des Jahres 1970 und der Installierung des Minderheitskabinetts Kreisky meinte der Kanzler zu einem Besucher: „Ich habe dem Pittermann schon gesagt, daß er mit dem sozialistischen Parlamentsklub alles tun darf, was er will – nur nicht aus Gewohnheit wie bisher gegen die Regierung Opposition machen ..."

Es ist soweit

Nach dem SPÖ-Wahlsieg 1971 trat das Minderheitskabinett zurück, um der Mehrheitsregierung Kreisky Platz zu machen. Ein Beamter des Bundeskanzleramtes wunderte sich im Vorbeigehen am Ministerratssaal, daß an diesem Tag besonders viele Journalisten warteten. Ein Kanzlersekretär klärte ihn auf: „Eineinhalb Jahre haben s' auf den Rücktritt der Regierung gewartet; jetzt ist es soweit."

Ausg'schnapst

Bei einer Abendgesellschaft erzählte Kreisky, er habe es in seiner politischen Laufbahn nicht leicht gehabt, da er nicht Karten spielen könne, wo doch die sozialistischen Gewerkschafter so gerne schnapsen. „Aber einen Trost habe ich", setzte der Kanzler fort, „der Pittermann konnte gut schnapsen, aber auch das hat ihm nichts genützt!"

Ein Kommunist im Goldenen Westen

Kommunisten - so heißt es – wollen zum Frühstück am liebsten einen Adeligen oder Kapitalisten verspeisen. Nicht um's Verspeisen, aber um's Anschauen geht es in der folgenden Geschichte, die sich Anfang der siebziger Jahre zugetragen hatte. Ein polnischer Gewerkschaftsfunktionär weilte auf Einladung der Gewerkschaft Druck & Papier zu Besuch in Österreich. Als er den Wunsch äußerte, eines echten österreichischen Adeligen ansichtig zu werden, konnte ihm problemlos geholfen werden. Dr. Sobek, der damalige Leiter der Österreichischen Staatsdruckerei, entstammte einem altösterreichischen Adelsgeschlecht. Als der ausländische Funktionär das Direktionszimmer betrat, geschah das völlig Unerwartete: Er fiel Sobek in die Arme. Es stellte sich heraus, daß beide gemeinsam in Auschwitz gewesen waren!

Neugierig geworden, bat der Gast nun, einem echten „Kapitalisten" vorgestellt zu werden. Ein kurzes Telefonat mit dem damaligen Pressezaren Fritz Molden, und die Sache war geregelt. Der polnische Gewerkschafter zeigte sich von der jovialen Herzlichkeit des kapitalistischen Gastgebers beeindruckt, und als dieser ihm zum Begrüßungsschluck lachend die Wahl zwischen dem „kommunistischen" Wodka oder dem „kapitalistischen" Getränk (Whisky) anbot, entschied er sich ohne langes Zögern für die Verlockung des Westens.

Buch-Handel

Dr. Sobek, führender Widerstandskämpfer der Gruppe 05 und Mann der ersten Stunde, kam in den Erinnerungen, die Bundespräsident Adolf Schärf unter dem Titel „April 1945" herausgegeben hatte, zu seinem Leidwesen nicht sehr gut weg. Gerade dieser Band aber befand sich in der Betriebsbibliothek der Österreichischen Staatsdruckerei, deren Leiter Dr. Sobek damals war. Verständlich, daß er das Verlangen hatte, diese Lektüre in seiner unmittelbaren Umgebung aus dem Verkehr zu ziehen. Mit dem Betriebsrat kam es zu einer bemerkenswerten Einigung: Das Buch wurde entfernt, als Gegenleistung bewilligte Dr. Sobek die Anschaffung von hundert anderen Titeln!

Die Rache der Geschichte

Opernball 1972. Kanzler Kreisky, mit makelloser Frack- und Ordensbrust, wurde von Heinz Fischer-Karwin für das Fernsehen interviewt. Auf das Tanzen angesprochen, gestand der Kanzler seine Unlust. Fischer-Karwin bohrte weiter: „Und was machen Sie bei Damenwahl?" Worauf Kreisky sich – mit leichtem Schauer – erinnerte: „Einmal ist mir so etwas in einer niederösterreichischen Stadt passiert. Als die Damenwahl über eine Stunde verlängert wurde, bin ich dann an jenen Ort geflohen, den man hierzulande ‚Häusel' nennt ..." Der Reporter forschte in der Folge nach des Kanzlers Jugendbällen. Darauf Kreisky: „Damals war ich ein junger Revolutionär, der für derartige Festivitäten keine Zeit, sondern nur Verachtung übrig hatte." Fischer-Karwin wollte dann wissen, wie es sich *jetzt* mit der revolutionären Einstellung des Kanzlers verhielte. Er bekam die weise Antwort: „Daß junge Revolutionäre im Alter mit Frack und Orden herumgehen, scheint die Rache der Geschichte zu sein ..."

Beruhigend

Ein junger Reporter erwähnte während eines Informationsgespräches mit dem Kanzler Meinungsverschiedenheiten innerhalb der ÖVP. Kreisky quittierte diesen Nachrichtenfluß mit Dankbarkeit: „Es ist wirklich gut, daß ich Sie habe. So erfahre ich wenigstens, daß es nichts Neues gibt!"

Weh dem, der lügt

Der Kanzler in einem Interview über sein Verhältnis zur Opposition: „Sie kennen ja das Stück ‚Weh dem, der lügt'. Darin kommt der Küchenjunge Leon vor, der immer die Wahrheit sagt. Es glaubt ihm aber niemand. So ähnlich geht's mir auch ..."

Barocke Machtfülle

Als Kreisky im Frühjahr 1974 bis zur Neuwahl des Bundespräsidenten auch die Agenden des Staatsoberhauptes vorübergehend wahrnehmen mußte, sagte er zu einem Journalisten am Telefon: „Ich könnte jetzt theoretisch das Parlament auflösen, Neuwahlen ausschreiben und Minister meiner Wahl bestellen. Dieser Zustand ist geradezu barock ..."

Kein Kunststück

Offizieller Besuch des Bundeskanzlers in Moskau im Mai 1974. Zu Beginn der Handelsgespräche mit seinem österreichischen Gast fragte Ministerpräsident Kossygin den Kanzler, als dieser – wie üblich – einen Stoß Papiere vor sich aufbaute: „Was haben Sie da an Papier?" Kreisky: „Da ist alles drinnen, was wir verkaufen wollen." Kossygin: „Und wo haben Sie die Tasche mit den Papieren, was Sie kaufen wollen? Alle wollen nur verkaufen!" Kreisky: „Das ist da auch drinnen. Wir wollen beispielsweise Gas kaufen." Der sowjetische Ministerpräsident stellte sich taub und ließ sich das Wort zweimal verdolmetschen, obwohl es auf russisch fast gleich lautet wie auf deutsch. Schließlich sagte er: „Gas verkaufen wir auch, aber teuer." Darauf der Kanzler: „Teuer kaufen ist keine Kunst!"

Kreiskys Kandidat

Nach dem Ableben von Bundespräsident Jonas schilderte der Kanzler im April 1974 in einem kleinen Kreis von Journalisten die Fülle der Kompetenzen des Staatsoberhauptes. Der Bundespräsident sei geradezu eine Schlüsselfigur in der Verfassung, meinte Kreisky. Er wurde daraufhin gefragt, warum er dann, statt selber zu kandidieren, Kirchschläger als SPÖ-Kandidat vorschlage. Des Kanzlers Antwort: „Weil er der in jeder Beziehung bessere Kandidat ist."

Affentheater

Während einer Wahlversammlung blickte der Kanzler in die Runde der Anwesenden und erklärte: „Mir geht es wie dem Affen in Schönbrunn – ihn kennt jeder, aber er kennt niemanden!"

Makulatur

Hermann Withalm, Notar aus dem niederösterreichischen Wolkersdorf und als Spitzenpolitiker mit dem Namen „Der eiserne Hermann" bedacht, war Generalsekretär der ÖVP unter Klaus und schließlich dessen Vizekanzler. Nach der katastrophalen Niederlage im Jahre 1970 und mit dem Beginn der Ära Kreisky versuchte die ÖVP alles daranzusetzen, wenigstens den Bundespräsidentensessel für sich zu gewinnen. Beim Bundespräsidentenwahlkampf 1974 sollte Withalm gegen den parteilosen Kandidaten Kreiskys und der SPÖ, den ehemaligen Außenminister Rudolf Kirchschläger, antreten. Die Wahlplakate der ÖVP mit dem Konterfei Withalms waren schon gedruckt, da kam es – unter der Führung Eduard Wallnöfers – zu einer Revolte der westlichen Bundesländer. Die Plakate wurden eingestampft, in den Wahlkampf geschickt wurde schließlich der Innsbrucker Bürgermeister DDr. Alois Lugger. Wahlsieger jedoch wurde Dr. Rudolf Kirchschläger, und er sollte einer der populärsten Bundespräsidenten der Zweiten Republik werden. Die wenigen übriggebliebenen Withalm-Plakate aber galten bald als heißbegehrte Sammelobjekte.

Journalistischer Pluralismus

Der Kanzler zu einem innenpolitischen Zeitungsjournalisten: „Ihre Drei-Mann-Redaktion weist einen eigenartigen Pluralismus auf: einer schreibt für die ÖVP, der andere für die FPÖ, und Sie schreiben gegen die SPÖ . . .“

Klare Sache

Auf antisemitische Äußerungen zweier Abgeordneter angesprochen, meinte Kreisky einmal: „Sie werden verstehen, daß ich meine Person aus den Erörterungen über diese Problematik ausklammern muß. Es ist ja klar, daß die Karnickel Gegner der Vivisektion sind.“

Flexible Altersklausel

Kreisky führte in der SPÖ eine Altersklausel für Mandatare ein, war bei ihrer Handhabung aber äußerst flexibel. Weder für seine eigene Person, noch für Anton Benya, den Gewerkschafts- und Nationalratspräsidenten, wurde sie je ernsthaft ins Auge gefaßt, aber sie war ein willkommenes Instrument, unliebsame Genossen ins politische Ausgedinge zu manövrieren. Das erste Opfer war sein Vorgänger und Namensvetter Bruno Pittermann. Und für diesen wurde die Altersklausel im Grunde genommen auch erfunden.

Generationsproblem

Wissenschaftsminister Dr. Herta Firnberg war 1975 gerüchteweise als Vizekanzler im Gespräch. Auf diese Möglichkeit angesprochen, zeigte sich Kreisky nicht besonders begeistert: „Alt bin ich selber", brummte er mißmutig. Vizekanzler wurde schließlich Finanzminister Hannes Androsch.

No comment

Kreisky traf einen prominenten innenpolitischen Journalisten, und dieser wollte von ihm eine Erklärung zu einem „heißen Eisen". Der Kanzler hierauf nachdenklich: „Wenn Sie mich fragen, was ich dazu sage, dann sage ich Ihnen – dazu sage ich gar nichts!"

Der Journalistenkanzler

Ein amerikanischer Pressevertreter wollte von Kreisky wissen, was bei dem abschließenden Gespräch mit Kossygin herauskommen werde. Des Kanzlers Antwort: „Ich bin froh, daß diese Unterredung erst nach der Pressekonferenz stattfindet, also kann ich Ihnen jetzt dazu nichts sagen. Außerdem würde ich Ihnen darüber ohnedies nichts sagen!"

Bellende Hunde

Der Kanzler bei einem Journalistenessen in seiner Wohnung in Wien-Döbling über seine Freizeitgewohnheiten: „Früher bin ich gerne auf dem Schreiberweg spazierengegangen. Jetzt sind diese Weinberge aber schon total verbaut. So bleibt nur die Rache, manchmal nach Mitternacht mit meinen beiden Hunden dort spazierenzugehen, worauf alle Hunde in den angrenzenden Häusern zu bellen beginnen."

Is' er's oder is' er's net?

Der Kanzler pflegte um Mitternacht mit seinen beiden Boxern in der Heurigengegend des 19. Bezirkes in Wien spazierenzugehen. Eines Tages kehrte er nach einem solchen Spaziergang noch kurz in einer Buschenschenke ein, in der ein letzter bezechter Gast den Neuankömmling mit den Worten musterte: „Is er's oder is er's net? – Er is's net, denn wenn er's wär, tät er net zum selben Heurigen gehn wie i!"

Ad libitum

Als Kreisky einmal in seiner journalistischen Frühzeit bei der Diskussion mit einem Korrektor über einen strittigen Beistrich Karl Kraus zitierte, antwortete der Mann, Kreisky mache seine Beistriche trotzdem, wo er wolle – und meist zu wenige. Von da an gab es zwischen den beiden ständig Streit wegen der Beistrichsetzung. Einmal brachte Kreisky ein Manuskript in die Setzerei, das auf der letzten Seite lauter Beistriche aufwies. Im Begleittext für den Korrektor hieß es: „Hier sind ein Haufen Beistriche. Machen S' damit, was Sie wollen ..."

Sex & crime

Bei einer Pressekonferenz wurde Kreisky auf das Thema „Sex and Crime" angesprochen, was ihm das persönliche Bekenntnis entlockte, er ziehe die Pornographie der Kriminalität vor: „Die Pornographie dient – wenn sie erfolgreich ist – immerhin dem Leben ..."

Taktik

Pressekonferenz des Bundeskanzlers in Luxemburg. Unter den Journalisten eine einzige, sehr attraktive Dame. Nach der Pressekonferenz ergaben sich kleine Gesprächsrunden. Plötzlich erkundigte sich Kreisky in dringendem Ton, wo denn die hübsche Dame sei. Als einer der Luxemburger Gastgeber sich erstaunt anbot, die Dame zu holen, meinte der Kanzler, er wolle gar nicht diese Dame sehen, sondern bloß seinen Sekretär Ingo Mussi finden, der sich gewiß in ihrer Nähe aufhalte.

Vorsicht
Der Bundeskanzler delegierte seinen Sekretär Wolfgang Mayer-König als persönlichen Vertreter in das Kuratorium zur Vorbereitung der Feier anläßlich des 200. Jahrestages der ersten Burgtheateraufführung. Kreisky gab seinem Sekretär, der früher Studentenführer gewesen war, folgenden Rat mit auf den Weg: „Bitte, funktionieren S' mir aber das Burgtheater nicht um!"

Also so geht's nicht!
Die jeweils für Montag um 17 Uhr angesetzten Ministerratsvorbesprechungen, bei denen die Regierungspolitik der Woche festgelegt wird, begannen wegen Verspätung des Kanzlers zumeist erst gegen 17 Uhr 15. Einmal war Kreisky aber pünktlich, während die Minister Firnberg und Sinowatz um 17 Uhr 03 eintrafen. Was der Regierungschef mit der ätzenden Bemerkung quittierte: „Also so kann man wirklich nicht arbeiten, wenn jeder kommt, wann er will!"

Imagepflege
Kreisky war ausnahmsweise einmal pünktlich zur Abreise zu einer Wahlversammlung fertig. Chauffeur Blauensteiner war aber gegen eine solche Extratour und veranlaßte seinen Chef zum Zuwarten: „Wenn wir zu früh ankommen, verlieren wir doch unser ganzes Image!"

Begründete Unpünktlichkeit
Bei einem Parteitag der niederösterreichischen SPÖ wurde der Kanzler auf sein verspätetes Erscheinen angesprochen. Kreiskys Rechtfertigung: „Erstens habe ich keine Zeit zum Pünktlichsein und zweitens habe ich die Erfahrung gesammelt, daß ich noch niemals etwas versäumt hab'."

Erfahrungswerte
Vor einer Matinee im Thater in der Josefstadt erfuhr Kreisky, daß zehn Leute reden sollten. „Ich habe dennoch die Hoffnung, daß das Ganze nicht allzu lange dauert", setzte Kreisky fort. „Die Bühnenarbeiter bekommen für ihre Überstunden so viel Geld, und da zwei Theaterdirektoren unter den Rednern sind, wird man sich wohl kurz halten."

Showmaster unter sich
Heinz Conrads, Publikumsliebling und ORF-Legende, hatte wieder einmal eine „runde Zahl" seiner Radiosendung zu feiern. Großer Saal, Bombenstimmung. Applaus.
Der Jubilar bekam einen Riesenlorbeerkranz überreicht, freute sich, bemerkte die goldbedruckte Schleife und reichte den Kranz spitzbübisch weiter an den in der ersten Reihe sitzenden Ehrengast Dr. Bruno Kreisky. Der Bundeskanzler las die Aufschrift: „Dem größten Showmaster Österreichs!" Heinz Conrads hatte die Lacher auf seiner Seite.

Vater-Sohn-Verhältnisse

Der Kanzler wurde von einem Reporter gefragt, ob er zum SPÖ-Abgeordneten Blecha ein Vater-Sohn-Verhältnis habe. Seine Antwort: „Das habe ich zu allen Jungen – sofern sie sich's gefallen lassen!"

Staatssekretär auf Bestellung

Staatssekretär Elfriede Karl erzählte die Geschichte ihrer Bestellung: „ Ich wurde an einem Dienstagnachmittag nach einem Anruf des Bundeskanzlers beim Salzburger Landeshauptmann-Stellvertreter Steinocher von diesem gefragt, ob ich die Funktion eines Staatssekretärs übernehmen wolle. Die Entscheidung fiel in einem 20 Minuten dauernden Gespräch mit Steinocher. Bereits am Donnerstagnachmittag dieser Woche wurde ich vom Bundeskanzler, den ich vorher persönlich überhaupt nicht gekannt hatte, in Wien der Presse vorgestellt. Kreisky kam fünf Minuten vor Beginn der Pressekonferenz. Es gab daher keine Möglichkeit mehr, unter vier Augen über meine künftigen Aufgaben zu sprechen. Zum Glück wurde der Kanzler zuerst befragt. Auf diese Weise hörte ich, was neben der Familienpolitik überhaupt in mein Aufgabengebiet fallen sollte. Wenige Minuten später wurde ich interviewt. Nach der Pressekonferenz sagte mir der Kanzler bloß, er gehe nun in ein Konzert, und verabschiedete sich daraufhin. Auch später gab es kein Gespräch mit ihm über meine Arbeit. Er erklärte mir nur einmal, ich hätte ein paar Monate Zeit, um mir Mitarbeiter zu suchen. Mein Arbeitsgebiet habe ich dann selbst geschaffen. Eine von vornherein feststehende Aufgabe war nur der Vorsitz im familienpolitischen Beirat ..."

Finanzminister a. D.
Bei der Erörterung des Budgets 1971 im Ministerrat war auch der seinerzeitige Leiter der Budgetsektion im Finanzministerium, Heilingsetzer, zugegen. Heilingsetzer, von 1960 bis 1961 selbst Finanzminister der Koalitionsregierung, wurde vom Kanzler unter Hinweis auf Androsch mit den Worten willkommen geheißen: „Ich begrüße ganz besonders den Finanzminister außer Dienst, wobei ich im übrigen dahingestellt lassen möchte, mit welchem Finanzminister wir uns leichter getan haben." In der Tat war dem Sektionschef von seiner Partei, der ÖVP, einst vorgeworfen worden, er sei als Minister „zu weich".

Kanzlers Rat
Der Kanzler gab dem für die Polizei zuständigen Innenminister Rösch einen guten Rat: „Da hab' ich unlängst in einem Memoirenbuch eines schwedischen Verlegers gelesen, daß schon vor 70 Jahren der Stockholmer Polizeichef Rubenson gesagt hat: Polizei und Juden müssen immer höflich sein, weil alle Leute auf sie aufpassen."

Gewöhnungseffekt
Hannes Androsch, als Finanzminister gerade dabei, die Mehrwertsteuer einzuführen, wurde von einer Politesse beim Schwarzparken erwischt. Strafe muß sein, doch der Finanzminister legte dem Auge des Gesetzes zum verordneten Hunderter gleich noch sechzehn Schilling dazu. Bestechung? Nein, beschwichtigte der Herr Minister mit seinem strah-

lendsten James-Dean-Grinsen sein Vis-à-vis: „Ich will nur, daß man sich langsam an die kommende Mehrwertsteuer gewöhnt."

Abreagieren ist gesund

Als Thomas Bernhard in einem seiner gutgespielten Haßausbrüche wieder einmal über Österreich und seine Politiker herzog, meinte Bundeskanzler Kreisky trocken: „Na, wenn's ihm gesundheitlich nützt . . ."

Politik am Würstelstand

Wiens Vizebürgermeister Dr. Erhard Busek, seit Jahren als „kommender Mann" der Bundes-ÖVP apostrophiert, wurde nach dem plötzlichen Ableben Dr. Schleinzers und der Wahl von Dr. Taus zum Bundesparteiobmann zum Generalsekretär der oppositionellen Volkspartei bestellt und gab damals eine legendär gewordene kulinarische Selbstbeschreibung ab: „Ich schau aus wie eine kalte Knackwurst mit Brillen."

Die bürgerliche Revolution wird vollendet

Nach fast zehn Jahren Alleinregierung unter Kreisky wurde von bürgerlicher Seite der Vorwurf erhoben (er ging in Richtung Dr. Broda), daß die SPÖ mit knapp 50% der Wählerstimmen eine umfassende Gesellschaftsveränderung sozialisti-

scher Art durchziehe. Die Antwort kam postwendend und kurz: „In einem Nachziehverfahren werden nur die Forderungen der bürgerlichen Revolution von 1848 erfüllt. Mit Sozialismus hat das alles noch nichts zu tun."
Das Wörtchen „noch" empfanden die Kritiker dabei nicht gerade als Beruhigung ...

Schmuggelei

Anton Benya und Dr. Heinz Kienzl nahmen Anfang der sechziger Jahre an einer Konferenz des Internationalen Bundes Freier Gewerkschaften in Holland teil. Die Tagung war früher zu Ende als erwartet, und so beschlossen sie, auf ihren erst zehn Stunden später gebuchten Flug zu verzichten und das Angebot des Kollegen Dr. Heribert Mayer anzunehmen, in seinem Auto die Rückreise anzutreten. Nach dem Passieren der belgisch-holländischen Grenze wurde Benya nervös und übernahm das Steuer; Kienzl setzte sich nach hinten und schlief bald ein. Als er aufwachte, war man schon weit in Österreich. Noch schlaftrunken fragte Kienzl verwundert, wie man ihn denn durch den Zoll gebracht hatte. „Ganz einfach", meinte Benya, „wir haben gesagt, dahinten liegt nur ein Binkl Fetzen!"

Na denn Prost!

Heinz Kienzl und Anton Benya feiern am gleichen Tag Geburtstag. Jedes Jahr am 8. Oktober pflegt der Gewerkschaftspräsident mit dem Generaldirektor der Nationalbank ein Stamperl Slibowitz auf das beiderseitige Wohl zu leeren. Einmal war allerdings in Benyas Eiskasten an diesem Tag partout kein Slibowitz zu finden, es gab nur Whisky und Wodka – für Kienzl schier unannehmbares „ausländisches Gesöff". Benya wußte jedoch Rat: Er präsentierte eine der Flaschen ohne Etikett und erklärte seinem langjährigen und auf den Tag genau zehn Jahre jüngeren Freund: „Du bist ja sowieso ein Antialkoholiker und Schnupfen hast du auch. Hier hast du also deinen Slibowitz!"

Seeigel

Benya und Kienzl speisten einmal in einem mittelfeinen Restaurant auf den Champs-Elysées; mit von der Partie war Dr. Waldemar Jucker, heute oberster Finanzchef der Schweiz, damals volkswirtschaftlicher Referent des eidgenössischen Gewerkschaftsbundes. Als es zum Bestellen kam, fragte Kienzl, der das Dolmetschen übernommen hatte, Benya nach seinem Wunsch. „Alles, nur kein Gemüse", gab dieser zu verstehen, und Kienzl bestellte prompt: „Queleque chose pas sans verdure!" Der Kellner schaute etwas verwundert, als hätte er Kienzls leicht Ottakringerisch klingendes Französisch nicht recht verstanden, entfernte sich aber dann und brachte nach einiger Zeit eine Schüssel voll Eis und darauf drei Seeigel. Obwohl es Benya zu beweisen war, daß es sich keinesfalls um Gemüse handle, war er nicht bereit, die Seeigel zu essen. Waldemar Jucker war es schließlich, der sie verspeiste, wohl einsehend – wie Kienzl rückblickend vermutete –, daß er das beiden Kollegen für die historische Niederlage der Österreicher bei Sempach in der Schweiz irgendwie Genugtuung verschaffen sollte . . .

Nützlichkeitsstandpunkt

Der leidenschaftliche Bergsteiger Heinz Kienzl war mit Erich Hofstätter und Rupert Gmoser im Sommer 1962 am Großvenediger, als er abstürzte und einen komplizierten Knöchelbruch erlitt, während Gmoser mit einer Stichwunde, die ihm Kienzls Steigeisen verschafft hatte, relativ glimpflich davonkam. Abtransport durch die Bergrettung, provisorische Versorgung in Lienz und Operation im Wiener Hanusch-Krankenhaus. Als Kienzl aus der Narkose aufwachte, fand er seinen Freund Anton Benya am Krankenbett. Es entspann sich folgender Dialog: „Was ist denn los mit dir?", fragte Benya; „Ein komplizierter Knöchelbruch", war die Antwort. „Macht nichts", resümierte Benya, „deinen Fuß brauchen wir ohnehin nicht, nur deinen Kopf!"

Autofahrer unterwegs

Benya ist ein passionierter Autofahrer. Als er Anfang der fünfziger Jahre seinen ersten Dienstwagen bekam, ein recht wackliges Vehikel, lud er Heinz Kienzl zu einer Probefahrt ein. Während der Fahrt kündigte Benya eine Bremsprobe an, stieg beherzt auf das Bremspedal, und Kienzl – Sicherheitsgurte gab es damals noch nicht – knallte mit dem Kopf gegen die Windschutzscheibe. „Siehst du", bemerkte Benya befriedigt, „die Bremse zieht!"

Interpretiertes Lob

Kreisky wurde von Altbundeskanzler Dr. Alfons Gorbach relativ überschwenglich gelobt, obwohl in der Politik gemeinhin die Faustregel gilt, wonach einem das Lob, das politische Gegner spenden, einem in der eigenen Partei zum Schaden gereichen kann. Kreisky ging in seiner Replik darauf ein und sagte, daß diese Regel für beide wohl nicht gelte. „Ich muß aber dennoch von der Voraussetzung ausgehen, daß er sich in seiner Laudatio gewisse Beschränkungen auferlegt hat, was mich zu dem, zugegebenermaßen nicht sehr bescheidenen, Schluß veranlaßt: Was hätte Dr. Gorbach alles an Freundlichkeiten über mich gesagt, wären wir beide in derselben Partei?"

WAS GIBT ES NEUES?

Auf dem Weg zum globalen ORF

Fehleinschätzung
Zu den elektronischen Massenmedien hatten die ÖVP-Führer schon relativ frühzeitig ein eher gestörtes Verhältnis. Die Möglichkeiten medialer Publicity für die Politik wurden erst unter dem sozialistischen Bundeskanzler Kreisky erkannt und souverän ausgeschöpft. Eineinhalb Jahrzehnte früher meinte noch der skeptische Julius Raab vom neu installierten Fernsehen: „Das Kasperltheater hört sich eh bald auf; wer wird denn schon in das Narrenkastl hineinschauen." Sprach's und überließ das neuinstallierte Medium leichtfertig dem Koalitionspartner SPÖ.

Intrigantenstadel
Zu Zeiten der Großen Koalition in den fünfziger und frühen sechziger Jahren beherrschte König Proporz alle Bereiche des öffentlichen Lebens. Besonders auffällig wurde dies im Rundfunk. Als Josef Scheidl Generaldirektor geworden war, traf er auf einem Rundgang durchs Haus zwei miteinander

tuschelnde Kollegen, die bei seinem Näherkommen betreten auseinanderfuhren. „Haben Sie am End schon gegen mich intrigiert?" meinte Scheidl. „Nicht gegen Sie, Herr Generaldirektor", bekam er zur Antwort, „aber gegen Ihren Nachfolger!"

Mediale Popularität

Bald nach Kriegsende wurde Rudolf Henz Programmdirektor des Österreichischen Rundfunks. In dieser Eigenschaft besuchte er im Wiener Stadion ein Fußballmatch.

Der Zuspätkommende hatte kaum die Ehrentribüne betreten, als wegen eines Vorfalls auf dem Spielfeld die Zuschauer in „Hands!", „Hands!"-Rufe ausbrachen.

Henz, verwundert zu seiner Begleitung: „Woher kennen die mich alle?"

Klartext

Rudolf Henz erhielt einmal von einem Radio-Sendeleiter über eine Radio-Skiexkursion folgendermaßen Bericht erstattet: „Auf einmal waren die Herren weg und ich stand allein inmitten der Damen-Flora!"

„Weißt", erzählte er seinem Freund Dr. Hofmann-Wellenhof von seiner Reaktion, „ich hätt' ihm so gern gesagt: ‚Und du warst allein der Vertreter der Herren-Fauna?!' Ich hab's mich aber nicht getraut, er hätte ja jemanden fragen können: Was hat denn der Henz eigentlich gemeint? Und der hätte dann vielleicht gesagt: ‚Daß d' a Viech bist!'"

Kompetenzstreitigkeiten

Im Script-Departement des Senders Rot-Weiß-Rot war Ingeborg Bachmann die Sekretärin der beiden „Radio-Familie"-Schreiber Jörg Mauthe und Peter Weiser.

In der Mittagspause kritzelte sie an den Gedichten für ihren Band „Die gestundete Zeit" und legte sie Mauthe zur Korrektur vor. Als er einmal aus einem „Gewitter der Dornen" ein „Gewitter der Rosen" machte, schrie die Bachmann auf: „Aber die Dornen sind doch eine Metapher für Blitze – ohne die Dornen stimmt das ganze Bild nicht!"

Mauthe wischte den Einwand weg: „‚Gewitter der Rosen' ist poetischer. Und reden Sie nicht von Bildern, davon verstehen Sie nichts!"

Blindenpreis

Folgende Anekdote ist mit dem ORF nur peripher verbunden. Als Ingeborg Bachmann den Hörspielpreis der Kriegsblinden erhielt, nahm der preisverteilende Minister an, da würden die Arbeiten von kriegsblinden Autoren ausgezeichnet.

Als die Dichterin verlegen zum Preisempfang schritt, packte er die Entgeisterte an Arm und Schulter. Da sie sich mit leise gehauchten Worten diese körperliche Aufdringlichkeit verbat, stammelte der Minister erschrocken: „Was, Sie sind gar nicht blind?"

Genius locus

Die Nachrufe für den 1987 im neunzigsten Lebensjahr verstorbenen Dichter Rudolf Henz, welche seine Verdienste um den Aufbau und den Wiederaufbau des österreichischen Rundfunks erwähnten, übersahen bei der Würdigung der großartigen Lebensleistung dieses österreichischen Patrioten eine seiner liebenswertesten Eigenschaften: seinen Sinn für Humor. Bei den sogenannten Länderkonferenzen der Sendergruppen zur Besatzungszeit (Ravag, Rot-Weiß-Rot, West und Alpenland) pflegte er fröhlich zu lachen – der von allen geliebte Papa Henz – wobei Papa auf der ersten Silbe zu betonen ist.

Bei heftigen Debatten konnte man einen sehr temperamentvollen Rundfunkchef aus dem Westen immer wieder einmal ausrufen hören: „Das ist ein casus bellus!"

Einige Zeit später tagte man in Grinzing, beim Schier, und der Meister sang eines seiner eigenen Lieder.

„G'fallts dir da?" fragte Henz seinen Freund Hofmann-Wellenhof.

„Ja – die ganze Atmosphäre!"

„Ach was: ‚Atmosphäre'! Das ist der genius locus!"

Meinungsvielfalt

Bundeskanzler Kreisky, der immer wieder für mehr Meinungsvielfalt im ORF eintrat, wurde in einer Diskussion vorgehalten, im Rundfunk gebe es ohnehin mehrere Kommentatoren. Kreisky: „Ja, aber diese Meinungsvielfalt schaut dann so aus: Zur deutschen Ostpolitik etwa vertritt der eine Kommentator den Standpunkt des CSU-Vorsitzenden und der andere den des CDU-Chefs."

TV-Spot(t)

In TV-Spots machte Ossy Kollmann Werbung für eine bekannte Automarke. So etwas färbt natürlich ab. Wie zum Beispiel bei einer Vorstellung des „Weißen Rößl" in der Wiener Volksoper. Da hatte der Komiker als schöner Sigismund ungefähr folgenden Text zu sprechen:

„Sie müßten mich einmal beim Fünf-Uhr-Tee sehen, am Nachmittag. Die Frauen glühen in meinen Armen. Und was raunt mir aus dem hingerissenen Publikum entgegen? Was, was . . ."

Statt des nun einsetzenden Liedes „Was kann der Sigismund dafür . . ." aber tönte es plötzlich aus dem Publikum: „A guats Auto, Herr Chef!"

Vorbeugung

Der „Tiger" Gerd Bacher gab bei einer Unterredung mit Gewerkschaftsvertretern im ORF-Zentrum gleich zu Beginn der Sitzung einmal folgende Warnung ab: „Meine Herren, ich bin heute so geladen, daß ich Sie vorbeugend schon jetzt darauf aufmerksam machen möchte, daß Sie es mir nicht übel nehmen sollten, wenn mir im Verlauf des Gesprächs das Götz-Zitat herausrutschen sollte." Die Gewerkschafter nickten, beanspruchten dasselbe Recht aber auch für sich. Die Ankündigung wurde aber von beiden Seiten nicht wahrgemacht!

Peilton

ORF-Generalintendant Gerd Bacher zu Bundeskammerpräsident Rudolf Sallinger bei der Eröffnung des KW-Senders Moosbrunn: „Und diese Außenhandelsorganisationen wiederum gehören zu den besonders qualifizierten Empfängern der Kurzwelle. Unter anderem erfahren sie via Kurzwelle, wo sich ihr Präsident gerade aufhält.“

VON DER MENSCHLICHEN BREITE

Das sozial-liberale Zwischenspiel

Umarmung
Die Freundlichkeit der Sowjets gegenüber den österreichischen Gästen war bei einem offiziellen Besuch von Fred Sinowatz fast nicht zu überbieten. Auf die Frage, ob bei einer allfälligen neuen Verschärfung der internationalen Lage nicht eine Umarmung Österreichs durch die UdSSR drohe, meinte Fred Sinowatz: „Mich zu umarmen, ist schon wegen meines Habitus nicht leicht – und das gilt auch für die österreichische Politik."

Kompliziert
Vom Gespräch mit Staats- und Parteichef Tschernenko zitierte Sinowatz den Gastgeber vor österreichischen Presseleuten: „Die internationale Lage ist äußerst kompliziert. Bitte, das sind seine Worte . . ."

Ansichtssache

Dem Ministerpräsidenten von Kroatien wurde ein von der Protokollabteilung des Bundeskanzleramtes ausgewähltes Fernglas als Geschenk aus Österreich überreicht. Sinowatz interpretierte das in Anspielung auf die wirtschaftliche Lage Jugoslawiens: „Auf der einen Seite kann er sehen, daß die Lösung der Probleme sehr nahe ist; wenn er auf der anderen Seite ins Fernglas schaut, sieht er, daß die Schwierigkeiten sehr weit weg sind . . .“

Beitragsleistung

Bundeskanzler Sinowatz besuchte mit großem Gefolge die größte finnische Schiffswerft in Helsinki. Hauptaktionär mit einem Anteil von fast 40 Prozent ist der „Verein für ledige Mütter“, eine Stiftung. „Wir tragen sehr viel zur Förderung dieses Vereines bei“, sagte der Vorsitzende des sich ausschließlich aus Männern zusammensetzenden Vorstandes – und löste damit bei der österreichischen Delegation große Heiterkeit aus. So schwer für die Österreicher die finnische Sprache ist, auch die deutsche hat ihre Tücken.

Schwedisch-österreichische Verhältnisse

„Die Beziehungen zwischen Österreich und Schweden waren nicht immer besonders gut“. Mit diesem für Tischreden eher ungewöhnlichen Beginn verblüffte Ministerpräsident Olof Palme seinen österreichischen Gast Fred Sinowatz in Stockholm. Um sofort erklärend hinzuzufügen: „Im Dreißigjährigen

Krieg haben unsere Truppen Ihr Land ja verwüstet. Aber ich glaube, inzwischen hat sich unser Verhältnis sehr gebessert."

Süße Schweizer Erinnerungen

Der langjährige Unterrichtsminister Dr. Fred Sinowatz, nunmehr Ex-Bundeskanzler und Parteivorsitzender der SPÖ, entstammt bescheidenen Verhältnissen. Fred Sinowatz wurde von einem Schweizer Journalisten gefragt, ob er nicht irgendwann einmal ein Erlebnis gehabt habe, das er mit der Schweiz verbinde. Der Kanzler erinnerte sich daran, als Kind einmal nach Dänemark auf Erholung geschickt worden zu sein. In Basel mußte er umsteigen: „Dort sah ich zum erstenmal, daß es Schokolade in einem Geschäft zu kaufen gibt."

Spartarif

Der Bundeskanzler Sinowatz, der 1983 Kreisky im Amt nachfolgte, flog immer 2. Klasse, um Bescheidenheit zu demonstrieren. Das hatte seinerzeit Bruno Kreisky eingeführt. Fred Sinowatz tat noch ein übriges und flog mit einem Spartarif. Die „Swiss Air" nahm das wörtlich und ließ dem „Economy" nach Bern reisenden Regierungschef auch nur die bescheidene Economy-Betreuung angedeihen. Sprich: ein Zweite-Klasse-Frühstück.

Gewichtige Gründe

„Eine solche Reise ist die größte Herausforderung, was das Gewicht betrifft", meinte Bundeskanzler Fred Sinowatz auf der Heimfahrt aus Jugoslawien auf die Frage, wie viele Kilo ihm der strapaziöse Besuch abverlangt habe. Auf eine Detailantwort ließ sich der permanent gegen Übergewicht kämpfende Kanzler aber nicht ein: „Ich habe ja meine Frau mitgehabt, aber das hat nicht viel genützt. Ich bin ein freundlicher Mensch und kann nicht nein sagen, wenn ich bewirtet werde."

Die Schlacht am kalten Buffet

Hinsichtlich der „menschlichen Breite" von Sinowatz konnte am ehesten noch der Schauspieler Helmut Qualtinger es mit dem wuchtigen Bundeskanzler aufnehmen. Wie dieser war „Quasi" bei Anspielungen auf seine beträchtliche Leibesfülle äußerst schlagfertig. Bei einem Empfang im Rathaus, als er bei der „Schlacht am kalten Buffet" wieder einmal kräftig zulangte, wurde er deshalb von Marika Rökk neckisch-tadelnd zur Rede gestellt: „Helmut! Schon wiedärr ein volles Tällär. Was sollen denn die Leute denken von dir?" – „Macht nichts", gab Qualtinger schallend zur Antwort. „Ich sag ja jedesmal, ich muß noch was für die Rökk holen."

Ehrenzeichen

Wenn man in Österreich nur alt genug wird und nichts Gröberes angestellt hat, besitzt man gute

Chancen, eine Professorentitel oder andere offizielle Ehrungen verliehen zu bekommen. Kein Wunder also, daß sich im Nachlaß des legendären Karl Farkas auch ein (wohlverdientes) dekoratives Ehrenzeichen der Republik befand. Helmut Qualtinger, von seinen Freunden „Quasi" genannt, fand diese Auszeichnung einmal bei der Durchsicht von Manuskripten von Karl Farkas, die sich im Archiv des Thomas Sessler Verlags in Wien befinden. Da ihm derartige Ehrungen nie viel bedeutet hatten, war der Leiter des Theaterverlags, Ulrich Schulenburg, verwundert, als sein Freund ihn um Erlaubnis bat, sich den Orden ausleihen zu dürfen.
Am selben Abend gab es dann großes Aufsehen um diese überraschende Ehrung, die Quasi offensichtlich zuteil geworden war. Das mußte natürlich gebührend mit seinen Freunden gefeiert werden, und es wurde eine ausgelassene Nacht. Der „Geehrte" hielt seine Gratulanten selbstverständlich frei. Am Morgen, als sich das Gelage aufgelöst hatte, lag das Ehrenzeichen vergessen und achtlos weggeworfen auf dem Boden. Es hatte – als Anlaß für ein paar frohe Stunden – seine Pflicht getan und ausgedient.

Poldi Gratz im Cockpit

Eine österreichische Regierungsdelegation auf dem Flug in die Sowjetunion. Der Anflug auf den neuen Flughafen von Minsk mißglückte etwas – der AUA-Pilot mußte sich erst die Anflugdaten vom Kontrollturm geben lassen und produzierte dann eine perfekte Landung. Außenminister Leopold Gratz erlebte alles in der Kanzel der Maschine mit. „Weil ich Interesse für alles Technische habe", wie er später sagte. Worauf Bundeskanzler Fred Sinowatz konterte: „Der Herr Außenminister gibt das technische Interesse ja nur vor für die Angst, die er gehabt hat."

Austro-nauten

Die technisch interessierten Mitglieder der österreichischen Delegation kamen beim Besuch des „Sternenstädtchens", des rund 60 km außerhalb von Moskau gelegenen Trainingszentrums der sowjetischen Raumfahrer, voll auf ihre Rechnung. Sinowatz, Gratz und Verkehrsminister Ferdinand Lacina kletterten dabei in eine Raumkapsel und ließen sich vom sowjetischen Astronauten Kobaljonok, der drei Weltraumfahrten hinter sich hat, in die Geheimnisse der Kapsel einweihen. Zum Abschluß des Besuches schrieb der Kanzler ins Gästebuch: „Im Gedenken an die historische Leistung des sowjetischen Astronauten Juri Gagarin."

Beförderungen

Kanzler Sinowatz erklärte vor dem Aufzug in einer Agramer Chemiefabrik Pressevertretern die verschiedenen Gepflogenheiten der reisenden Politprominenz: „Das ist eben der Unterschied – die einen dürfen fahren (mit dem Aufzug), die anderen müssen gehen (über die Stiegen)". „Und die ganz Besseren fliegen sogar", erinnnerte ein Stiegensteiger den Regierungschef an CA-General Hannes Androsch, der im Privatjet nach Jugoslawien gekommen war.

Dichtes Programm
Unterrichtsminister Helmut Zilk klagte als Begleiter des Kanzlers Sinowatz über das dichte Besuchsprogramm in der Schweiz: „Da hab' ich nicht einmal Zeit, mir eine Krawatt'n zu kaufen."

Wenn der Sino mit dem Steger
Auszug aus Egon Linortners „Kleiner Sonntags-Plauderei" in der „Kärntner Volkszeitung" über den Regierungschef und seinen Vize: „Wenn man die beiden bei Pressekonferenzen am Bildschirm sieht, dann kommt mir der Steger vor, als wäre er der eigentliche Bundeskanzler und der Sinowatz wie ein U-Boot-Kommandant, dem der Kreisky vergessen hat, die Torpedos mitzugeben."

Zeitfrage
Auf der Bahnfahrt zu einem Staatsbesuch nach Belgrad wurde Bundeskanzler Fred Sinowatz darauf hingewiesen, daß nun Vizekanzler Norbert Steger die Regierung übernehmen und sich selbstbewußt in den Kanzlerstuhl werfen werde. Sinowatz: „Ich halt's aus." Gegenfrage: „Aber ob's Österreich auch aushält?" Sinowatz: „So lang bin ich ja auch wieder nicht weg."

Seitenhiebe
Und wieder ein Seitenhieb auf Vizekanzler Steger.

Im Zug von Belgrad nach Agram rutschte Sinowatz vor Journalisten die Bezeichnung „Staatssekretär Steger" heraus. Das könne passieren, meinte ein Berichterstatter der „Oberösterreichischen Nachrichten", nur bemerkenswert sei, daß dem Bundeskanzler solche Versprecher nicht peinlich seien. Er schiene sie sogar zu genießen, ließe sie förmlich auf der Zunge zerrinnen.

Ausgeschlossen

Herr Weinstein im „Kurier" nach dem Parteiausschluß von Günther Nenning, der sich im Streit um das Donaukraftwerk Hainburg auf Seiten der Umweltschützer engagiert und die SPÖ-Führung heftig angegriffen hatte: „Ans is ma net ganz klar: Hat jetzt die SPÖ den Nenning oder der Nenning die SPÖ aus der sozialistischen Bewegung ausgeschlossen?"

Kein Hindernis

Nach der Preisverleihung für den Oberst-Redl-Film wurde Klaus Maria Brandauer von französischen Aristokraten auf ihr Schloß eingeladen. Es gab ein beeindruckendes Diner, bei dem der Star neben einer alten Dame zu sitzen kam. Sie sah ihn bewundernd an, dann meinte sie: „Mit Ihrem Aussehen, Monsieur, könnten Sie auch beim Film Karriere machen!"

Brandauer antwortete liebenswürdig: „Pardon, Madame, aber ich heiße Klaus Maria Brandauer!"

„Das ist egal, junger Mann", meinte die alte Dame, „den Namen kann man ja leicht ändern!"

Lehrer und Schüler
Fred Sinowatz auf den Spuren des Arabien-Experten Bruno Kreisky im Mittleren Osten. „Kreisky hat mir früher oft von Ihrer hervorragenden Arbeit erzählt“, rühmte der Emir von Abu Dhabi, Scheich Zayed Bin Sultan Al Nahyan, seinen Gast. Um dann mit seinen dunklen Adleraugen zu blitzen – und zu ergänzen: „Es gibt Schüler, die werden so gut wie ihre Lehrer und manche werden sogar noch besser als ihre Lehrer ...“ Inzwischen liegt es bereits an Sinowatz-Nachfolger Vranitzky, die Probe aufs Exempel zu machen.

AUF DER INSEL DER SELIGEN

Österreichische Kirchenlichter

Vice versa

Theodor Körner, ehemals Generalstabsoberst der k.u.k. Armee, wurde nach dem Zweiten Weltkrieg zunächst sozialistischer Bürgermeister der Bundeshauptstadt und darauf zweiter Bundespräsident der Republik Österreich. 1952 empfing er, ganz in feierliches Schwarz gekleidet, den in Kardinalspurpur gehüllten Kardinal Innitzer am Südbahnhofs, worauf dieser meinte: „Herr Bundespräsident, heut kommt der Schwarze in Rot und der Rote in Schwarz.“

Das Medium

Kardinal König war durch lange Jahre das intellektuelle Aushängeschild der katholischen Kirche Österreichs. Bei einer Konferenz in Kanada erklärte ihm der Medienforscher Marshall MacLuhan: „Eminenz, ich werde heute sagen, daß die Religion eine große Zukunft hat.“ „Danke“, meinte der Kardinal, „wenn Sie es sagen, werden die Leute eher zuhören, als wenn ich es sage.“

Bei uns wirbelt's
Kurze Zeit nach dem Versuch der Kommunisten, einen Umsturz der bestehenden Verhältnisse in Österreich herbeizuführen, besuchte Julius Raab im Herbst 1950 Papst Pius XII. Auf dessen Frage, wie es denn in Österreich so gehe, meinte Raab: „Heiliger Vater – bei uns wirbelt's!" Und als Pius XII. sich fragend vorbeugte: „Piccolo revoluzione, Eure Heiligkeit!"

Krainer ante portas
Audienz im Vatikan. Im Vorsaal warteten der steirische Landeshauptmann Krainer und seine Begleitung, bis sie zum Papst vorgelassen wurden. Da kam einer vorbei, dessen prächtige Kleidung die steirischen Pilger besonders beeindruckte. „Ein Kardinal!", sagte Krainer ehrfürchtig zu seiner Delegation und verneigte sich tief. Etwas betreten war er dann von der Auskunft eines päpstlichen Gendarmen, der auf die Frage nach der Identität der Persönlichkeit feststellte: „Das war der Erste Kammerdiener Seiner Heiligkeit."

Pater Meinrad
Bei den Bregenzer Festspielen spielte Josef Meinrad einen Franziskaner, und zwar auf so überzeugende Weise, daß ein Franziskanerpater die Vermutung äußerte, der berühmte Schauspieler könne am Ende gar in den Franziskanerorden eintreten. „Hochwürden", meinte der skeptische Chef der Bundestheaterverwaltung, „ich glaube nicht, daß Sie sich mit ihm über die Gage einigen würden!"

Freundlich wie immer

Der Innsbrucker Diözesanbischof Dr. Paulus Rusch war alles andere als ein humorvoller und leutseliger Mensch. Im Dom von St. Jakob feierte einmal eine Innsbrucker Studentenverbindung ein feierliches Hochamt, an dem auch Geistliche aus nah und fern teilnahmen. Vor der Messe teilte Rusch die in der Sakristei versammelten Priester wie Schulbuben ein, obwohl sich unter ihnen auch ein Monsignore, der Gymnasialprofessor und Pfarrer der großen Gemeinde Langen bei Frankfurt am Main befand. Er war außerdem jahrelang im Innsbrucker Canisianum während des Theologiestudiums Ruschs Zimmernachbar gewesen. Rusch würdigte den alten Freund keines netten Wortes, sodaß sich der Monsignore Tage später zu einem Brief entschloß, in dem er Rusch wegen seines abweisenden Verhaltens rügte. Zumindest begrüßen hätte er ihn können. Ob er ihn vielleicht gar nicht erkannt habe? Rusch schrieb kurz zurück: „Natürlich habe ich Dich sofort erkannt, Du mußt es auch bemerkt haben, denn ich war ja freundlich wie immer."

Der Bischof mit seiner Maschin'

Franciscus Salesius Zauner war bereits über fünfzig, als er 1956 Diözesanbischof von Linz wurde, aber nicht daran dachte, deswegen sein Hobby aufzugeben: das Motorrad. Er fuhr nicht nur zum Vergnügen, sondern auch zu Visitationen. Vor Pannen ist aber auch ein Bischof nicht gefeit. Eines Tages stand Bischof Zauner hilfesuchend am Straßenrand. Ein Lastwagenfahrer blieb stehen und nahm den Bischof und sein Motorrad bis zur nächsten Werkstätte mit. Auf der Fahrt fragte der Fahrer:

„Wos san's denn?"
„Der Bischof von Linz!"
Darauf der Lastwagenfahrer: „Soso, naja, und i bin da Kaiser von China!"

Rendezvous am Ballhausplatz

Dem neuernannten Nuntius Erzbischof Giovanno Dellipiane wurde ein Treffen mit Bundeskanzler Bruno Kreisky vorgeschlagen. „Ich würde treffen Teufel auf Kahlenberg, um Konkordat auszuhandeln", gab er zur Antwort. „Warum soll ich nicht treffen Kreisky am Ballhausplatz?"
Und als dann Jahre später der päpstliche Gesandte todkrank im Spital lag, kam ihn der Bundeskanzler besuchen. Sie waren längst gute Freunde geworden.

Kreiskys Kirchenbeitrag

Bei einer Wahlreise vor der Nationalratswahl 1971 bestieg Kreisky eines Tages um 17 Uhr in einem Ort das vor dem Rathaus, gegenüber der Dorfkirche, errichtete Rednerpult. Als er mit seiner Rede beginnen wollte, setzte das obligate Fünfuhrläuten der Kirchenglocken ein. Nachdem das Läuten aufgehört hatte, erhob der Kanzler die Hände zum Himmel und sagte, er betrachte es als gutes Omen, daß die Kirchenglocken seinen Besuch einläuteten, sei es doch sein Kabinett gewesen, das den Kirchenbeitrag steuerabsetzbar gemacht habe ...

Mir bleibt nichts erspart

Kreisky kokettierte mit der „barocken“ Machtfülle seines Amtes, ob er nun jahrelang den Posten des Außenministers mit einem biederen Beamten besetzte, um selbst weiterhin auf dem außenpolitischen Klavier werken zu können, oder indem er es sich nicht nehmen ließ, bei einer schweren Erkrankung des Generals Freihsler auch gleich noch das Verteidigungsministerium vertretungsweise zu übernehmen. Keine Anekdote, aber eine treffende Legende ist in diesem Zusammenhang überliefert: Eines Tages erscheint Kreisky zur Ministerratssitzung – wie üblich verspätet, aber angetan mit dem prächtigen Ornat eines Kardinals. Den fassungslosen Ministern gibt er trocken zu bedenken: „Ja, was soll ich denn machen, wenn jetzt auch noch der König krank geworden ist!“

Kirchschläger

Der parteilose Außenminister der Regierung Kreisky I und praktizierende Katholik Rudolf Kirchschläger wurde von Kreisky gegen den Widerstand der Basis als Kandidat zur Bundespräsidentenwahl nach dem Tod von Franz Jonas 1974 aufgestellt und auch gewählt. Eine Illustrierte brachte ein Bild von Kirchschläger, am Wahlsonntag in der Stephanskirche betend, und darunter die Unterschrift: „Mit Gott für Kreisky und Vaterland.“

Mit Gottes Hilfe

Dr. Rudolf Kirchschläger war der erste österreichische Bundespräsident der Nachkriegszeit, der der offiziellen Angelobungsformel die Bekräftigung „So wahr mir Gott helfe" hinzufügte. In Wahlkämpfen allerdings bedienten sich fallweise auch schon seine sozialistischen Vorgänger religiöser Rhetorik, etwa als Theodor Körner mit dem Versprechen warb: „Österreicher – Euer Vertrauen ist mir heiligste Verpflichtung!"

Versöhnliche Geste
Trotz größerer Differenzen infolge der Freigabe der Abtreibung innerhalb der ersten drei Schwangerschaftsmonate und Erleichterung der Ehescheidung hat sich in der Zeit der SPÖ-Alleinregierung am prinzipiell guten Verhältnis der SPÖ zur Kirche nichts Wesentliches geändert. Wie sehr sich das in der Zwischenkriegszeit „kulturkämpferisch" geprägte Klima verbessert hatte, zeigte sich anläßlich des Papstbesuchs zum Österreichischen Katholikentag 1983 im „roten Wien": Die Wiener Straßenbahnen waren während dieser Tage mit zwei Fähnchen geschmückt – mit dem rot-weiß-roten und einem mit dem grünen Kreuz, dem Zeichen der Hoffnung und dem Symbol des Katholikentages.

Reklame
Als im Frühjahr 1980 die Uraufführung von Gottfried von Einems Mysterienoper „Jesu Hochzeit" die Gemüter erhitzte – eine eigens gegründete Liga für Sozialhygiene erstattete sogar Anzeige gemäß § 188 wegen Herabwürdigung religiöser Lehren –,

lächelte der Komponist verschmitzt angesichts der Gratisreklame: „Mir ist egal, was sie über mich schreiben, solange sie meinen Namen richtig buchstabieren. Gefährlich wird's erst, wenn sie meinen Namen falsch schreiben."

Mehrheitsverhältnisse

Als die Fristenlösung Kardinal König zu scharfen Stellungnahmen gegen die Politik der SPÖ bewegte und auch die ÖVP auf ihre kritische Stimme als christlichsoziale Partei aufmerksam machte, verwahrte sich Kreisky dagegen, indem er sich zur kühnen Behauptung aufschwang, die Mehrheit der Katholiken hinter sich zu haben. Er sagte: „Schließlich gibt es in unserer Partei allein schon durch die Größe mehr Katholiken als in der ÖVP!"

Zilk trifft Mutter Teresa

Eine Meldung der Kathpress vom 17. Juli 1985: „‚Wir haben uns gegenseitig versichert, daß wir füreinander beten werden' – Bürgermeister Zilk nach Zusammentreffen mit Mutter Teresa ‚zutiefst beeindruckt und bewegt'."

ALLE NEUNE

Ein anekdotischer Streifzug durch die Bundesländer

Ein passender Name

Unterrichtsminister Heinrich Drimmel kam zur Eröffnung der Festspiele in Mörbisch am Neusiedler See. Über seine Eindrücke befragt, meinte er: „Einen Namen hätte ich auch schon für die neue Seebühne: die Gelsenreitschule."

Verständigung

Auf einer Wahlreise machte Kreisky einen Betriebsbesuch und sprach die Beschäftigten – wie üblich – auf ihr Tätigkeitsgebiet hin an. So begrüßte er auch eine Frau und fragte sie, was sie denn eigentlich mache. Dem Kanzler tönte ein minutenlanger kroatischer Redeschwall entgegen. Kreisky, der kein Wort verstand, wartete, bis die Frau geendet hatte, und sagte dann: „Ich wünsche Ihnen alles Gute und auf Wiedersehen!"

Komplizierte Verhältnisse

Ein APA-Journalist fragte Bundeskanzler Fred Sinowatz, wie kroatisch eigentlich dessen Familie sei. „Da muß ich Ihnen, wenn Sie Zeit haben, meine Geschichte erzählen", hub der Kanzler an. „Aus Kopfing im Sauwald (Oberösterreich) kam einst ein Müllersbursche namens Wieninger auf der Walz nach Ebreichsdorf (Niederösterreich). Er verliebte sich in ein kroatisches Mädchen namens Sinovac aus dem benachbarten Hornstein, und das hatte Folgen. Während er weiter nach Galizien zog, fühlte sie sich als Mutter und brachte einen Buben zur Welt. Die Großmutter des Knaben wollte aber um keinen Preis, daß er den Namen des Vaters erhielte. So hieß er nach der Mutter Sinovac. Und nun kam ein typisches Grenzschicksal: Der in Hornstein (Horschon) häufige Name wurde zunächst magyarisiert auf Szinovatz und bei einer neuen politischen Welle germanisiert auf Sinowatz. Um es noch komplizierter zu machen: Meine Großmutter war dann eine Sinowatz, mein Großvater hieß Chech." Mit einem Mal wurde dem staunenden Presservertreter klar, weshalb der „Sohn des Bruders", das heißt Sinowatz auf deutsch, der „Neffe" also, nicht kroatisch kann, aber auch, daß er eigentlich Wieninger heißen sollte ...

Schöne Kühe

Auf einer Auslandsreise in die Schweiz mußte Bundeskanzler Sinowatz feststellen, daß Burgenländerwitze auf die französisch sprechenden Eidgenossen angewendet werden.

Das Verhältnis zwischen den deutschsprachigen Schweizern und ihren „welschen" Mitbürgern ist also nicht immer ganz konfliktfrei. Eine Kostprobe lieferte ein eidgenössischer Reisebegleiter auf der Fahrt von Bern nach Fribourg: „Sobald die Kühe schöner sind als die Frauen, hat man die Grenze zum Kanton Fribourg überschritten."

KÄRNTEN

Vom aufrechten Gang

Nach dem Krieg war der Sozialist Ferdinand Wedenig Landeshauptmann von Kärnten, ein Mann aus dem Volke und ein echter Landesvater. Man traf ihn oft in den Straßen Klagenfurts, denn er ging gern zu Fuß. Als man ihn einmal fragte, warum er sich keinen Wagen anschaffe, meinte er: „Wissen'S, mit uns is ma in der Nazizeit so umgfahrn, daß ma alle erst wieder gehn lernen müssen!"

Volksverbundenheit

Zur Zeit, als Wedenig Kärntner Landeshauptmann war, fungierte der gleichfalls ungemein populäre Ökonomierat Hans Ferlitsch aus Maria Saal als Exponent der Gegenpartei und Landeshauptmannstellvertreter. Volksverbunden wie er war, besuchte er oft Lokale, wo er mit Freunden die Nacht durchzechte und Karten spielte: So lernte man eben die Wünsche und Sorgen der „Basis" kennen... Einmal, als es bereits zu grauen begann, stand er endlich entschlossen auf und sagte: „Es ist gnua, jetzt muaß i regieren gehen. Außerdem hab i glaubt, der Abend wird ma 1000 Schilling kosten, und jetzt hab i 500 Schilling gwunnen! Also, i geh, und hinderts mi net beim Regieren."

Radio Kreuzbergl
1945 wurde im ehemaligen Luftschutzstollen auf dem Kreuzbergl in Klagenfurt ein Not-Studio für Radioübertragungen eingerichtet. Obwohl der Sender in erster Linie der Durchgabe von Anweisungen der englischen Besatzer an die Bevölkerung diente, wurde er von einer kleinen engagierten Truppe von Radiomachern der ersten Stunde unter der Führung des späteren Intendanten Ing. Goritschnig zwischendurch auch für regelrechte Radioprogramme benützt. Zu den anfänglichen Mitarbeitern zählten einige namhafte Persönlichkeiten, die sich zu Kriegsende im Anhaltelager Tessendorf befanden, darunter Mitglieder der Berliner Philharmoniker und Fritz Muliar.

Zum Weinen
Zu den ersten „Stars" des Kärtner Nachkriegsradios gehörten Georg Bucher und seine Partnerin Viola Holberg. Damals wurde noch alles „live" gemacht, von der „Othello"-Aufführung bis hin zu Lyriklesungen. Nicht ganz zu Unrecht wurde diesen beiden alsbald nachgesagt: „Wann die zwei reden, weint ganz Kärnten!"

Ein gesegneter Schlaf
Bei einer Dienstfahrt nach Wien wurde der Wagen von Hans Ferlitsch abgedrängt und landete im Straßengraben. Der Landeshauptmannstellvertreter schlief unbekümmert weiter und hatte auch noch nichts mitgekriegt, als sein Fahrer einen Traktor

organisierte, der das Auto zur nächsten Reparaturwerkstätte abschleppte. Da wachte Ferlitsch unvermittelt auf und meinte ungeduldig zu seinem Chauffeur: „Wirst denn dem Traktor net endlich vorbeifahren?" „Geht leider nicht", gab dieser zur Antwort und erklärte seinem Chef die näheren Umstände. „So", stellte Ferlitsch schlaftrunken fest, „dös is ja allerhand. Da kann ma auf amol in Himmel kumman und ma waß nix davon!"

Schlaftabletten an der Kassa

Der legendäre Theo Knapp war langjähriger Direktor des Klagenfurter Stadttheaters. Sein Herz schlug für die Operette, aber auch das Schauspiel kam nicht zu kurz. Unter seiner Ägide wirkten u.a. Helmut Lohner, Peter Weck, Sieghart Rupp, Herbert Probst, Edd Stavjanik und Kurt Weinzierl vorübergehend an dieser Bühne. Er hatte das richtige Gespür für gute Schauspieler und gute Stücke und scheute auch vor zeitgenössischen Werken nicht zurück. „Wissen'S, mit den modernen Stückeln ist des so a Gfrett", dozierte er einmal, „wenn die Leute einschlafen und ein Schauspieler weckt sie auf, dann heißt es immer: das Stück ist gut, aber die Schauspieler sind schlecht." Als man schüchtern einwarf, daß nicht jedes moderne Drama automatisch langweilig sein müsse, gab er zu bedenken: „Das ist es es ja eben, man kann sich auf diese Stückeln aa nimmer verlassen. Wo käme ich aber hin, müßte ich bei jeder Premiere von so einem modernen Gspaß an der Kassa zu den Eintrittskarten gleich auch noch Schlaftabletten ausgeben?"

Man kann nie wissen

Von Knapp stammte auch der Rat an den damals noch jungen Schauspieler und späteren Kulturpublizisten und Lyriker Walther Novotny: „Merken'S Ihna ans, wenn's beim Theater bleiben wollen. Grüßen's immer den Portier recht freundlich, denn er kann morgen Ihr Direktor sein!"

Bittners Punktesystem

Zum künstlerischen Führungsteam des Klagenfurter Landestheaters, Theo Knapp und Theo Haslinger, gesellte sich als administrativer und kaufmännischer Direktor Fritz Bittner. Er war legendärer Erfinder eines genialen „Punktesystems": Die Bruttoeinnahmen einer Aufführung, vermindert durch die Ausgaben, wurden z.B. folgendermaßen auf die Mitwirkenden verteilt: Regieführen 5 Punkte, Soubrette und Buffo 4 Punkte, Chor und Ballett 2 Punkte usw. So blieb manchem am Schluß gerade noch soviel wie das Geld für eine Zigarette.

Sparmaßnahmen

In späteren Jahren wurde Otto Hans Böhm, kurz OHB genannt, Leiter des Stadttheaters in Klagenfurt. Er war auch ein guter Schauspieler und hervorragender Einspringer, vor allem aber ein Finanzgenie, und seine Fähigkeit, Geld einzusparen, führte dazu, daß er von Kollegen und Bekannten insgeheim „Sparkassendirektor" genannt wurde.
Als einmal in einem kleineren Ort ein von Walther Novotny inszeniertes Stück gespielt wurde, stellte es

sich zu Beginn des dritten Aktes zum Entsetzen des Regisseurs heraus, daß man einige Kostüme vergessen hatte. Vier Schauspieler in kleineren Rollen konnten somit nicht auftreten. Am nächsten Tag meldete sich der erboste Regisseur beim Direktor und beschwerte sich über diese ungeheure Schlamperei. Böhm erkundigte sich mitfühlend, ob es wenigstens gelungen sei, die Aufführung einigermaßen geistesgegenwärtig über die Bühne zu bringen. Als dies bejaht wurde, hakte er sofort ein und meinte zu Novotny: „Und wenn es im Publikum niemandem aufgefallen ist, daß vier Schauspieler fehlen, so hättest du sie eigentlich schon von vornherein streichen sollen, und wir hätten alle Geld gespart!"

Erwünschte Person

Prof. Walther Novotny, längst eine Kärntner Institution, stammt ursprünglich aus Wien. Als er in der Nachkriegszeit in einer kleinen Oberkärntner Gemeinde seßhaft werden wollte, meinte der Bürgermeister des Ortes ermunternd zu ihm: „Bleib nur schön da, denn einen Zuagrasten wie dich brauchen wir unbedingt, damit die Welt weiß, was für tüchtige und gescheite Leute wir sind."

Georg Bucher

Der unvergessene Volksschauspieler Georg Bucher hatte oft Schwierigkeiten, seine Texte zu behalten. Seine „Hänger" waren berühmt und gefürchtet. Als er wieder einmal bei einer Radio-Live-Sendung „schwamm" und besonders lang extemporierte – mit dabei war die spätere ORF-Lady Annemarie Berté (damals noch Annemarie Moritsch) –, begründete er dies später mit dem unwiderlegbaren Satz: „I hab halt im Sinne des Dichters weitergesprochen."

Suchdienst

Auch Buchers Termin-Unzuverlässigkeit brachte seine Kollegen oft zur Verzweiflung. 1949 – damals befand sich das Landesstudio noch weiterhin im Kreuzbergl-Bunker – war er noch zehn Minuten vor Sendungsbeginn wieder einmal nicht aufzutreiben. Mit einem Militärflugzeug der englischen Besatzung machte man sich auf die Suche und fand ihn schließlich in einem seiner vielen Stammlokale. Betroffen meinte er: „A so, hab i vergessn."

Der „Schorsche"

„Schorsche", wie Georg Bucher allgemein genannt wurde, tingelte jahrelang landauf, landab in den verschiedensten Gasthöfen. In irgendeinem Schauerstück war für eine Schwurzeremonie ein riesiges Schwert vorgesehen. Bucher hieb so wuchtig in den Bretterboden, daß es sich dann einfach nicht herausziehen ließ. „Schwört's halt so", rief er seinen verdutzten Mitspielern zu. Die Szene war gerettet, und Bucher hatte wieder einmal die Lacher auf seiner Seite.

Ein Bühnenereignis

Bucher war ein leidenschaftlicher Esser, seine Vorliebe für Kasnudeln und andere Kärntner Spezialitäten war legendär. So ist es nicht verwunderlich, daß an ihm nicht nur seine wandlungsfähige Stimme beeindruckte, sondern auch seine imposante Leibesfülle. Diese kam ihm allerdings bei seiner bekannten Textschwäche zugute: „Waßt", hat er einmal erklärt, „a bißl an Vorteil han i wohl; wann i auftritt, is amal a Murdstrumm Mensch auf der Bühne, die Leit hobn was zum Schaun, derweil fallt mir der Text a ein ..."

Zittern

Der „Schorsche" und der Alkohol ist ein eigenes Kapitel, denn er war das, was man einen „heiligen Trinker" nennt. Schon beim Aufstehen brauchte er seinen Schnaps, um das Zittern seiner Hände zu bekämpfen. Als er eines Tages von Abgesandten des Wiener Theaters in der Josefstadt aufgesucht wurde, um seine Unterschrift auf die mitgebrachten Verträge zu setzen, wurden sie von ihm zunächst noch einmal weggeschickt, weil er angeblich noch etwas Wichtiges zu erledigen habe. In Wirklichkeit war er noch nüchtern und infolgedessen zu zittrig, um die insgesamt sechs Unterschriften zu leisten.

Der halbierte Schluck

„Die Leut sagen immer, i trink soviel", überliefert der ehemalige Theaterdirektor Franz Stoß einen typischen Bucher-Ausspruch, „dabei verschütt i vur lauter Zittern eh die Hälfte!"

Der Pakt
Georg Bucher war jahrelang neben seiner Schauspielerei im Hauptberuf Bibliothekar der Klagenfurter Arbeiterkammer. Nicht alle seine Vorgesetzten hatten Verständnis für seine zeit- und energieraubende Theaterleidenschaft, und es ist anzunehmen, daß er seinen beruflichen Obliegenheiten manchmal wohl auch nur sehr spärlich nachkommen konnte. Als jedenfalls nach seinem Abgang eine Nachfolgerin bestellt wurde, die ebenfalls von der Bühne kam – nämlich Viola Holberg, seine oftmalige Partnerin –, mußte diese sich schriftlich verpflichten, auf Theater und Radioaufführungen zu verzichten!

Theater am Tonhof
Zu Beginn der sechziger Jahre hatte das Künstlerehepaar Gerhard Lampersberg und Maja Weis-Osborn in Maria Saal das „Theater am Tonhof" ins Leben gerufen. Als Aufführungsort diente eine ungemein stimmungsvolle Scheune, die dort gebotenen Stücke haben aber Theatergeschichte gemacht: Die ersten Einakter von Thomas Bernhard wurden damals aufgeführt. Regie führte Herbert Wochinz, der schon damals seine Liebe zum französischen Theater entdeckt hatte und als hoffnungslos frankophil galt. „Der ruiniert mich noch", stöhnte einmal Gerhard Lampersberg, „der läßt für einen Einakter sogar eine Schneckenschere aus Frankreich einfliegen!"

Unter Verschluß
Als der Journalist und Drehbuchautor Thomas

Pluch, gebürtiger Kärntner und seit Jahren in Wien ansässig, seine Dissertation über den Kärntner Abwehrkampf und die Volksabstimmung von 1920 verfaßte, wurde er vom Land Kärnten und von der Arbeiterkammer bei seinem Vorhaben gefördert. Es gelang ihm sogar, Einblick in das Archiv des Heimatdienstes zu nehmen. Als die Arbeit schließlich erschien und die Förderer ihre Belegstücke erhielten, wurden diese so sorgfältig archiviert, daß sie nie mehr wieder zu finden waren.

Kärnten-Saga

Der Film „Alpensaga" von Turrini und Pevny machte nicht nur Fernsehgeschichte, sondern sorgte in ganz Österreich auch für Proteste und Aufregung.

Nicht ganz Österreich, aber zumindestens ganz Kärnten war in Aufruhr, als der Fernsehfilm „Das Dorf an der Grenze" von Thomas Pluch gesendet wurde. Bei den Dreharbeiten stellten sich die Aufnahmen der „Anschlußszene" von 1938 als ein besonders heikles Unterfangen heraus; immer wieder mußten die Schlüsselszenen wiederholt werden: Zunächst sprach sich ein Deutschnationaler vehement für die Parole „Heim ins Reich!" aus, dann erhob sich ein Kärntner Slowene und wetterte dagegen, indem er zu bedenken gab, was sich denn die slowenische Minderheit von einem pangermanistischen Staatsgebilde etwa zu erwarten hätte. Schließlich wurde es einem alten, weißhaarigen Kärntner Statisten, der einen Bauern in Tracht darstellen sollte, doch zu bunt. „Es geht ja jetzt wirklich zu wie im 38er Jahr!" rief er verärgert, sprang auf und verließ den Drehort.

Ortstafelstreit

Nach dem Wirbel, den die Dreharbeiten zum 1. Teil des Fernsehfilms „Das Dorf an der Grenze“ auslösten, mußte das Produktionsteam bei der Fertigstellung des 2. Teils mit erheblichen Behinderungen rechnen. Als es darum ging, den Ortstafelstreit von 1973 zu verfilmen, als Kreisky und Sima von deutschnationalen Demonstranten mit faulen Eiern und Tomaten empfangen worden waren und auch antisemitische Angriffe zu verzeichnen waren, konnte in Kärnten kein geeigneter Drehort gefunden worden. Also wurde in Wien gedreht. Bei der Abnahme der geschnittenen Filmszenen hatten alle Beteiligten die größten Bedenken, ob man die Szenen, so drastisch wie sie waren, angesichts der aufgeschaukelten Emotionen auch tatsächlich zeigen sollte. Als man die betreffenden Stellen Bundeskanzler Kreisky vorspielte, meinte er nur: „Es war ja in Wirklichkeit noch viel ärger!“ – Die betreffenden Szenen wurden nicht gestrichen.

Minimundus

In den siebziger Jahren gelang es den Klagenfurter Stadtvätern und der Landesregierung, einen langgehegten Herzenswunsch zu verwirklichen: Die Landeshauptstadt erhielt eine eigene Universität, die Hochschule für Bildungswissenschaften, und die langjährige und traditionsreiche Studienbibliothek der Stadt wurde sofort zur „Universitätsbibliothek“ befördert. Die finanziellen Zuwendungen ließen anfangs jedoch zu wünschen übrig, auch blieben zunächst die erhofften vielen Studierenden aus. Und hinter vorgehaltener Hand war dann in Kärnten bald von Klagenfurts „Alma Mater Minimundus“ die Rede.

Saubere Herzogsstadt

Die Herzogsstadt St. Veit hatte lange Jahre hindurch einen äußerst trinkfesten Genossen zum Vizebürgermeister. Während dessen Amtszeit erfolgte auch die Umgestaltung des Hauptplatzes durch die großzügige Bepflasterung. Alsbald lautete eine beliebte Preisfrage der St. Veiter Bürger: Warum ist der Hauptplatz am Morgen immer so sauber? – Antwort: Weil jeden Abend der Vizebürgermeister mit einem Fetzen darübergeht ...

Des Sängers Wunsch

Der St. Veiter Hals-, Nasen- und Ohrenspezialist Dr. Glantschnig galt als hervorragender Vertreter seiner Zunft, wenn auch manche meinten, daß er mit dem Skalpell etwas schnell bei der Hand war, wenn man bei ihm mit einem Wehwehchen vorstellig wurde. Er machte sich auch als langjähriger Obmann des Kärntner Sängerbundes verdient, und es war in dieser Funktion, daß er sich einmal bei einer Ansprache einleitend für seine Heiserkeit entschuldigen mußte. Sofort erscholl aus der versammelten Runde der Ruf: „Mandeln heraus!“ und das Auditorium zwinkerte sich verständnisvoll lachend zu.

Stimmliche Grundvoraussetzung

Das südliche Bundesland ist – Kärntenurlauber wissen es längst – ein überdimensionierter Gesangsverein. Kärnten hat sich in der schweren Nachkriegszeit nicht nur zielstrebig wieder emporgearbeitet, sondern auch im wahrsten Sinn des Wortes emporgesungen. Jeder Kärntner, und ganz besonders jeder Prominente, gehört einem Chor an. Und darum gilt auch der bekannte Rat: „Wenn du in diesem Land etwas werden willst, mußt du singen können!"

Edi Fingers drittes Auge

Aus Klagenfurt stammt Ing. Edi Finger, der „Torschreier der Nation". Er ist mehr als bloß ein Journalist, er ist ein Seher: Er sieht Dinge, die es gar nicht gibt. Bei Sportübertragungen von Skirennen bei dichtestem Nebel berichtet er mühelos und mit farbigsten Details, obwohl mit freiem Auge wirklich kein Schatten auszumachen ist. Einmal darauf angesprochen, gab er zu bedenken: „Ich bin Reporter und kein Schiedsrichter. Nur ein Schiedsrichter muß alles sehen können."

Wenn der Kärntner auf's Eis geht

Der Schirennläufer Franz Klammer ist zwar das Aushängeschild des Kärntner Sportgeschehens, die heimliche Liebe der Kärntner gilt allerdings dem Eishockey, und die bekannte Rivalität zwischen Klagenfurt und Villach hat auf dem Eisparkett ihren legitimen Austragungsort. Als der KAC zum ersten Mal die Meisterschaft gewann, machte folgender Spruch in Klagenfurt die Runde: Man kann einen Kärntner nicht aufs Eis führen, und wenn – dann spielt er Eishockey und wird österreichischer Meister!

Aug um Aug

Während der Besatzungsjahre war Boris Pasternak als sowjetischer Kulturoffizier in Baden bei Wien eingesetzt und arbeitete dort an seinem späteren Welterfolg „Doktor Schiwago". Gern verkehrte er im Kreis der Schauspieler des Stadttheaters, die nach der Vorstellung im Stadtkrug zusammensaßen. Einmal verschüttete er aus Unachtsamkeit ein Parfumfläschchen, und ein paar Tropfen spritzten in das Auge einer Schauspielerin, die aufsprang und vor Schmerz schrie. Bestürzt erhob sich Pasternak, das offene Fläschchen in der Hand, und goß sich selbst auch einige Tropfen der ätzenden Flüssigkeit in die Augen. Das war seine Buße.

Der Landtag als Bauernhof

Auf dem Höhepunkt der sogenannten Müllner-Affäre zog im November 1966 mit Andreas Maurer, einem Landwirt aus der 2200-Seelen-Gemeinde Trautmannsdorf an der Leitha, ein neuer Stil in das niederösterreichische Landhaus in der Wiener Herrengasse ein. In seiner Regierungserklärung überraschte er das erwartungsvoll lauschende Hohe Haus mit einem handfesten Vergleich: „Bei uns Bauern gibt es ein altes Prinzip: Zuerst ausmisten, dann einstreuen!"

Maurer und Kreisky

Was er, Kreisky, dazu meine, daß der niederösterreichische Landeshauptmann Maurer nach der Nationalratswahl 1971 verspätet mit der Auszählung der Wahlkartenstemmen begonnen habe, wollte man vom Kanzler wissen. „Maurer ist vielleicht ein bisserl schlecht aufgelegt, weil er in seiner Heimatgemeinde die Mehrheit an die von mir geführte Liste verloren hat", sagte Kreisky. „Das ist begreiflich. Ich würde mich darüber auch wahnsinnig giften!"

Verschärfter Schwierigkeitsgrad

Im oberösterreichischen Landtagswahlkampf wurde 1973 der ÖVP-Kandidat Erwin Wenzl, ganz im Zeichen seines Sternbildes, als „Löwe" aufgebaut und erhielt sogar von Parteiobmann Karl Schleinzer einen waschechten, lebenden Löwen zum Geburtstag. Kommentierte der im Zeichen der Jungfrau geborene niederösterreichische Landeshauptmann Andreas Maurer: „Bei mir wird si der Schleinzer schon wesentli schwerer tun!"

Wahlkampfpanne

Im Bundespräsidentenwahlkampf 1974 wollte der Kanzler bei einer Kundgebung gerade den niederösterreichischen Landeshauptmann Maurer zitieren, der sich mit dem Hinweis auf die eminente politische Bedeutung dieser Wahl gegen den SPÖ-Kandidaten Kirchschläger ausgesprochen hatte, als ein Kurzschluß Mikrophone ausfallen und Lampen verlöschen ließ. Kreisky trocken: „O je, gerade das wär' was fürs Fernsehen gewesen!"

Aspekt

Landeshauptmann Andreas Maurer gratulierte einer 102jährigen zum Geburtstag. Sie schwärmte von der schönen alten Zeit, ihr Lebtag lang sei sie eine begeisterte Hausfrau und Mutter gewesen. Schließlich fragte sie den Landesvater: „Und wer bist eigentli du?" „Ich bin der Landeshauptmann von Niederösterreich und möcht herzlich gratulieren."

„Wer bist du?" darauf noch einmal das halbtaube Mutterl.

„Ja, es stimmt schon", wiederholte etwas lauter der Gefragte, „i bin halt der Landeshauptmann."

„Ah so, der Landeshauptmann", konstatierte sie zufrieden, „Landeshauptmann, jo, dös is eigentli a wos."

Mrs. Himmelfahrt

Der anglo-amerikanische Lyriker Wystan Hugh Auden, der sich 1956 in einem aufgelassenen Gasthaus in Kirchstetten an der Westbahn niederließ, datierte einen Brief an seinen Jugendfreund T.S. Eliot „Kirchstetten, Maria Himmelfahrt". Prompt adressierte die Sekretärin Eliots dessen Antwort: To Mrs. Maria Himmelfahrt, Kirchstetten, Niederösterreich."

Lottes Literatte

Lotte Ingrisch wurde eines Nachts durch ein Rascheln in ihrem Haus in Rindlberg geweckt. Die Geräusche kamen, wie sich bald herausstellte, aus dem Papierkorb und wurden von einer Maus verursacht, die seelenruhig an einem ihrer Manuskripte nagte. „Sie ist", versicherte Ingrisch, „das einzige Wesen außer mir, das sich dafür interessiert."

Feldversuch
Nobelpreisträger Konrad Lorenz experimentierte in seinem Garten in Altenberg an der Donau mit frisch geschlüpften, künstlich erbrüteten Wildenten. Dazu wackelte er in tiefer Hocke in Achtertouren durch die Wiese und quakte den winzigen Federbällchen in bestem Stockentisch die Locklaute vor. Als er einmal kurz aufblickte, sah er den Gartenzaun mit einer Reihe bleicher Gesichter eingefaßt: Eine Ausflugsgesellschaft starrte entsetzt auf den vermeintlich geistesgestörten korpulenten Herrn mit Bart, der auf der Wiese herumrutschte, sich dauernd über die Schultern schaute und ohne Unterbrechung quakte. Die alles erklärenden Entlein konnte sie ja in dem hohen Gras nicht sehen.

The missing link
Vom weltberühmten österreichischen Verhaltensforscher Konrad Lorenz stammt im übrigen der Ausspruch: „Das fehlende Zwischenglied zwischen Tier und Mensch – das sind wir."

Zwölfeläuten
Der Literatur-Detektiv Dietmar Grieser war zu

einer Sonntagsmatinee im Rathaus zu Klosterneuburg angesagt. Bevor er das Podium betrat, nahm der örtliche Kulturreferent ihn beiseite, blickte bedeutsam auf die Uhr und schärfte dem Vortragenden gütig-streng ein: „Bitte, achten Sie darauf, daß Sie kurz vor zwölf mit Ihrem Programm durch sind. Um zwölf läuten die Glocken, die Kirche ist gleich gegenüber, es ist das mächtigste Geläut im Land. Von zwölf bis viertel eins kann hier ein Erdbeben stattfinden, und kein Mensch wird es merken ..."
Grieser raste durch seine Texte, improvisierte die waghalsigsten Striche, reduzierte seine Augenkontakte zum Auditorium bis an die Grenze der Menschenverachtung, schwitzte, spuckte, schluckte – und schaffte es wahrhaftig, eine Minute vor zwölf ein fulminantes Finale hinzulegen. Geschafft! Nun mochten sie dröhnen wie sie wollten, die Glocken. Nur: sie dröhnten nicht, bimmelten nicht einmal. Der Papst war zwei Tage zuvor gestorben, man trug Trauer, das Glockengeläute unterblieb.

Ertragreiche Kritik

„Mit seinen aggressiven Theaterkritiken wird er sich selbst einmal schaden", war die Meinung vieler, die Hans Weigels bissige, meist haarscharf zutreffende Kritiken lasen. Als man ihm diese Befürchtung hinterbrachte, meinte er gelassen: „Von dem Schaden hab ich mir mein Haus in Maria Enzersdorf gebaut."

Die längste Brücke der Welt

Oberösterreich war während der Besatzungszeit in zwei Zonen aufgeteilt; das Mühlviertel nördlich der Donau gehörte zum sowjetischen Besatzungsgebiet, das restliche Oberösterreich zum amerikanischen. Die Donaubrücke zwischen Linz und Urfahr verband die beiden Zonen. „Wir haben die längste Brücke der Welt. Sie beginnt in Washington und endet in Sibirien", meinte der oberösterreichische Landeshauptmann, Dr. Heinrich Gleißner.

Viel herumgekommen

Dem großen Meister der kleinen Form, Alfred Polgar, wird folgender Ausspruch zugeschrieben, den er anläßlich eines Besuches in Linz getan haben soll: „Bis März 1938 lag Linz in Oberösterreich, dann im Gau Oberdonau und nun liegt es in der amerikanischen Zone. Viel herum kommen die Städte neuerdings."

Begegnungen mit den Russen

Der Bauer Johann Blöchl, 1945 Staatsbeauftragter der österreichischen Bundesregierung für das Mühlviertel, von 1955 bis 1966 Landeshauptmann-Stellvertreter, wußte viel zu erzählen von seinen Erlebnissen mit der sowjetischen Besatzungsmacht:

Bei einem Empfang auf dem Pöstlingberg, zu dem die Russen eingeladen hatten, hielt ein sowjetischer General eine Tischrede. „Die Sonne geht im Osten auf und im Westen geht sie unter", sagte der General. „Das österreichische Volk wird gut daran tun, sich nach dem Licht zu orientieren! Ich erhebe mein Glas auf die Freundschaft unserer beiden Völker!" Daraufhin übergab er dem österreichischen Staatsbeauftragten das Wort.
„Der Herr General hat recht", erwiderte Blöchl, „im Osten geht die Sonne auf und im Westen geht sie unter. Aber das ist kein Grund, daß sich die Österreicher umorientieren müssen, denn, wo die Sonne am höchsten steht und am wärmsten scheint, dort ist Österreich! Ich bitte, mit mir das Glas zu erheben auf die Freundschaft des sowjetischen und des österreichischen Volkes!"

Blöchl und Oberst Morosow

Herbst 1966. Empfang für eine österreichische Journalistendelegation in der österreichischen Botschaft in Moskau. Ein Russe trat auf einen Redakteur aus Linz zu: „Ich höre, Sie sind aus Oberösterreich. Grüßen Sie mir bitte den Herrn Böchl sehr herzlich. Ich bin der ehemalige Oberst Ivan Morosow und habe mit ihm zusammengearbeitet, als er Staatsbeauftragter der österreichischen Regierung im Mühlviertel war. Er hat mir immer gesagt, wen ich einsperren soll und ich habe eingesperrt. War sehr schöne Zeit."
Nach Hause zurückgekehrt, rief der Redakteur Landeshauptmann-Stellvertreter Blöchl auf seinem Hof im Mühlviertel an: „Ich soll Sie sehr herzlich grüßen von Oberst Ivan Morosow!"

„Ah", rief Blöchl aus, mit dem habe ich mich sehr gut verstanden. Der hat brav alle eingesperrt, die ich ihm dafür empfohlen habe. War eine sehr schöne Zeit damals!"

Flug nach Moskau

Im Mai 1954 bekam Blöchl in der Molkerei Freistadt einen Anruf von Bundeskanzler Julius Raab. „Blöchl", sagte er, „du mußt mit einer Regierungsdelegation nach Moskau fliegen!"

„Es war der erste Flug in meinem Leben", erinnerte sich Blöchl. „Eine zweimotorige russische Maschine stand für uns bereit. Die Maschine wies am Rumpf verstreut große und kleinere Rostflecken auf. Das war nicht sehr vertrauenerweckend. Der Kanzler mochte mir meine Bedenken vom Gesicht gelesen haben, denn, als er mir die Hand zum Abschied reichte, meinte er:

„Nun, mir scheint, dir g'fallts nicht recht?"

„Herr Kanzler", sagte ich, „nachdem ein Politiker jederzeit darauf gefaßt sein muß, zu fliegen, steig i halt ein!"

Gleißners Englisch

Landeshauptmann Gleißner hat es niemals verschwiegen, wenn er etwas nicht konnte. Ein einziges Mal, gestand er, habe er versucht, englisch zu reden. Nachher kam ein amerikanischer Offizier auf mich zu und sagte mir offensichtlich etwas Nettes. Der Dolmetscher übersetzte es mir: „Der Major hat gesagt, daß er Ihnen zu Ihrer Rede gratulieren möchte. Er bedauerte nur, daß er nicht viel verstanden hat, weil er nicht Deutsch kann."

Wohnbau-Rechnung

„Das ist eine ganz schwierige Rechnung", sagte Landeshauptmann Gleißner 1966 über den Wohnbau in Oberösterreich. „Als ich Landeshauptmann wurde, haben 30.000 Wohnungen gefehlt, inzwischen wurden 150.000 gebaut und jetzt fehlen 40.000."

Chruschtschow in Linz

Der mächtigste Mann des Kreml, Nikita Sergejewitsch Chruschtschow, kam 1960 auch nach Oberösterreich. Bei einem Empfang im Kaufmännischen Vereinshaus in Linz gab es großes protokollarisches Rätselraten, wann der hohe Gast den Abend zu beenden wünsche. Das Problem löste sich von selbst, denn plötzlich stand Chruschtschow auf und sagte: „Jetzt wollen wir schlafengehen, wir haben hier gut gegessen und getrunken, und außerdem muß der Saal ja bezahlt werden."

Schlegels Wirtschafterinnen

Josef Schlegel, von 1927 bis 1934 Landeshauptmann von Oberösterreich, wurde 1947 mit 78 Jahren Präsident des Rechnungshofes, mit 84 ging er in Pension. Nach seinem Rücktritt schrieb er in sein

Tagebuch: „Ich habe das angenehme Gefühl der Gelöstheit von allen Verpflichtungen, von Freiheit und Unabhängigkeit, mit meiner Pension kann ich auskommen ... nur die Frage der Wirtschafterin ist schwierig." Einige Versuche schlugen fehl, schließlich fand er die Richtige und registrierte das im Tagebuch: „Dienstag ist Thronwechsel, bin schon froh, wenn ich die Alte anbringe, sie macht es sich schon zu bequem; mit Marie wird frisches Blut in die Bude kommen."

Ein junger Siebziger

Landeshauptmann Gleißners Kommentar zu seinem 70. Geburtstag am 26. Jänner 1963: „Gestern war ich noch ein alter Sechziger, heute bin ich eine junger Siebziger!"

Ansichtssache

Was ihn an der Zeit heute störe, wurde der auf den Neunziger zugehende Alt-Landeshauptmann Gleißner 1982 gefragt. Seine Antwort: „Daß nur Extreme wirken, nur die schärfsten Formulierungen ankommen." Und Gleißner fügte hinzu: „Wir älteren Menschen stehen vor einem Ölbild, betrachten es aus entsprechender Entfernung und sehen die Heimat, den Frieden, sehen das alles schön und klar. Die Jugend steht knapp davor und sieht nur lauter Farbpatzen!"

Kritik der Kritik

Der Oberösterreicher Thomas Bernhard reagiert gekränkt und wehleidig auf Kritik, ist aber selbst wenig zimperlich beim Austeilen. Im „Spiegel" hatte Herbert Eisenreich Bernhards Roman „Verstörung" – zugegeben, nicht gerade positiv – besprochen. Der gekränkte Autor ließ darauf folgenden Leserbrief einrücken:

„Mein nächstes Buch lassen Sie bitte gleich von einem natürlich auch in Oberösterreich geborenen oder ansässigen Schimpansen oder Maulaffen besprechen!"

Der Stahlboß

„Wenn ich weniger als 95 Kilo wiege, trete ich zurück", versprach Walter Hitzinger, als er 1952 zum Generaldirektor der VOEST berufen wurde. „Doch ich hatte bald 105 Kilo", mußte er zugeben, „aber die braucht man auch auf diesem Posten!" In der VOEST ist Hitzinger noch heute, mehr als ein Vierteljahrhundert nach seinem Ausscheiden und mehr als zehn Jahre nach seinem Tod, eine legendäre, anekdotenumrankte Figur. Aber „Hitzinger-Anekdoten san alle zu stark", sagte er selbst zu diesem Thema. Der „Stahlboß mit dem Schrammelgemüt" wurde er genannt, selbst im Vorstandsfauteuil trug er am liebsten eine blaue Schlosserjacke, mit Bierflaschen in den Hosentaschen strich er durch die Werkshallen, prostete den Stahlkochern zu und gebrauchte bei jeder Gelegenheit das Götz-Zitat. Damit kommentierte er auch die Kritik einer oberösterreichischen Tageszeitung an der VOEST, ergänzt durch diesen Satz: „Wenn die VOEST will, gibt sie eine eigene Tageszeitung heraus!"

Der Oberösterreicher Kirchschläger
Bundespräsident Rudolf Kirchschläger, geboren in Obermühl an der Donau, aufgewachsen in Kronstorf, wurde einmal gefragt, wann und wieso er eigentlich Oberösterreich verlassen habe. Daraufhin erzählte Kirchschläger, wie er nach dem Krieg als Jurist beim Linzer Landesgericht eine Stellung gesucht hatte und dort gefragt wurde:
„Waren sie Mitglied der NSDAP?"
„Nein."
„Bei einer ihrer Gliederungen?"
„Nein."
„Dann müssen S' nach Wien gehen, weil hier nehmen wir nur die, die nicht nach Wien gehen können!"

Verschwiegenheit
Sämtliche VP-Regierungsmitglieder wußten schon ab 23. Juni 1977, daß Josef Ratzenböck am 19. Oktober 1977 die Amtsgeschäfte von Landeshauptmann Erwin Wenzl übernehmen werde, erzählte Ratzenböck bei einer Pressekonferenz. Daß dies dennoch bis 3. Oktober nicht an die Öffentlichkeit gelangt war, bezeichnete Landeshauptmann Ratzenböck als eine Disziplin, die in der Partei ihresgleichen suche.
„Hat es auch Ihre Frau gewußt?" wollte ein Journalist wissen.
Ratzenböck nickte und fügte lächelnd hinzu: „Daß es trotzdem nicht an die Öffentlichkeit gelangte, ist unter diesem Aspekt ganz besonders zu würdigen!"

Ein Mißverständnis

Bei einem Rundgang auf der Rieder Messe machte eine Mutter ihren achtjährigen Sohn auf Landeshauptmann Ratzenböck aufmerksam. Der Bub nahm einen Anlauf, trat auf Ratzenböck zu und sagte: „Herr Landeshauptmann, kann ich von dir ein Foto haben?“ Schließlich wollte er seinen Freunden diese Begegnung dokumentarisch nachweisen. Natürlich bekam der Bub sein Foto und zog glücklich von dannen. Kurz darauf kam er jedoch weinend zurück: „Kann ich bitte ein anderes haben, das da ist hinten so verkritzelt!“ In der Unterschrift des Landeshauptmannes sah der Bub eine Wertminderung des Bildes.

So ein Name!

Bei einem Firmenjubiläum hob der Chef des Unternehmens im Gespräch mit dem Landeshauptmann die Bedeutung des kurzen, prägnanten Firmennamens hervor. Landeshauptmann Ratzenböck widersprach und meinte, es käme doch wohl in erster Linie auf das Produkt an, und auch mit dem Namen des Firmenbesitzers wäre der Betrieb erfolgreich gewesen. Zum Beweis seiner Theorie sagte der Landeshauptmann: „Schrattenecker, schau, ich heiße Ratzenböck und bin auch etwas geworden!“

Die Frau Landeshauptmann

Die Frau eines Hofrats ist in Österreich die „Frau Hofrat“, aber wie spricht man die Frau des Landeshauptmannes an? In Neukirchen am Walde, dem

Heimatort von Landeshauptmann Ratzenböck, hat man dieses Problem offenbar gelöst, wie folgende Szene beweist:
Ein Neukirchener kam beim Haus des Landeshauptmannes vorbei, sah Frau Anneliese Ratzenböck und begrüßte sie mit diesen Worten: „Grüß Gott Frau Landeshauptmann, wie geht's denn dem Ratzenböck?"

Schauspieler Ratzenböck

Bei der Wiedereröffnung des Braunauer Stadttheaters im September 1980 sagte Landeshauptmann Ratzenböck in seiner Rede: „Heute sind wir Politiker die Schauspieler". Daraufhin eine Stimme aus dem Hintergrund: „Nur heute?"

Theaterdirektor Ignaz Brantner

Jeden Tag, eine Viertelstunde vor Beginn der Vorstellung, legte Ignaz Brantner, der das Linzer Landestheater in den Jahren 1932 bis 1945 und dann wieder von 1948 bis 1953 leitete, in seinem Stammcafé die geliebten Spielkarten auf den Tisch. Schweigend nahm er seinen alle Moden überdauernden breitkrempigen Schlapphut und latschte dem Theater zu, das er durch ein Hintertürl betrat. Sein Weg führte schnurstracks auf die noch vorhangverdeckte Bühne. Von dort blickte er in den Zuschauerraum und registrierte den Kassenrapport des Abends. Er hielt nichts von Aufführungen, die jeder lobte und keiner besuchte. Er fühlte sich verantwortlich auch für das Geld, das er verwaltete und war deshalb als Sparmeister in Verruf.

Qualifikation

Trotzdem ging es auch am Linzer Landestheater natürlich nicht ohne Subventionen. Bei einer Führung durch das Theatergebäude wurde Brantner einmal zu Thema Subventionen von einer jungen Dame gefragt:

„Wie oft müßte das Theater ausverkauft sein, damit es keine Subventionen braucht?"

Die Antwort Brantners: „Haben Sie schon einen Beruf, Gnädigste? Sonst engagiere ich Sie vom Fleck weg als jugendliche Naive!"

Linzer Theaterdonner

Gefürchtet waren Brantners Wutausbrüche. Und wenn der Theaterdirektor aufgeregt war, kamen ihm manchmal die Worte durcheinander. Einer dieser Wutausbrüche gipfelte in diesem Satz:

„Ich lasse mir doch aus meiner Schmiere kein Theater machen . . .!"

Kritiker im Gerichtssaal

Für eine Theaterszene im Gerichtssaal sorgte 1963 der wegen seiner geistreichen, aber scharfen Formulierungen gefürchtete Linzer Theaterkritiker Josef Laßl. Der Regisseur der Salzburger Festspiel-Aufführung von Nestroys „Lumpazivagabundus", Leopold Lindtberg, hatte Laßl wegen Ehrenbeleidigung geklagt. Vor dem Linzer Bezirksrichter kam Laßl auf den Ausdruck „grauslich" zu sprechen, mit dem er Lindtbergs Inszenierung bedacht hatte. Laßl nahm ein Buch zur Hand, blätterte darin und las:

„... dem sogenannten Burgtheaterdeutsch, dem grausigsten Slogan, den die Theaterwelt kennt."
Der Anwalt unterbrach Laßl, ohne zu ahnen, daß er ihm damit erst recht das Stichwort gab für die Pointe.
„Was soll es, daß da irgendwer zitiert wird?"
Laßl klappte langsam das Buch zu, blickte auf den Umschlag und sprach gelassen: „Verfasser – Leopold Lindtberg!"
Laßl hatte den Prozeß nicht nur geistig, sondern auch gerichtlich gewonnen. Sein Kommentar zu diesem Sieg: „Jetzt möchte ich gerne von einem Künstler geklagt werden, weil ich ihn zu sehr gelobt habe. Da ließe ich mich lachend verurteilen!"

Eine Billinger-Interpretation

Ebenfalls 1960, fünf Jahre vor seinem Tod, wurde im Linzer Landestheater das Schauspiel „Der Gigant" von Richard Billinger aufgeführt. Aus diesem Anlaß lud das Theater die Presse zu einem Gespräch. Neben dem Dichter waren der Intendant, der Regisseur und ein Verleger anwesend. Billinger ließ die anderen reden. Von einer Interpretation einer Schauspielerin, „die für die Substantialität des bayerisch-österreichischen Phänomens signifikant ist", war die Rede. Da wurde es Billinger zuviel. Mit einem kurzen Zwischenruf beendete er die Dikussion: „Aber na, schlecht wars, weil's alleweil mit'n Arsch g'wackelt hat!"

Nachsichtige Vergeßlichkeit

Im Jahr 1960 hatte das Kulturamt der Stadt Linz den

Innviertler Dichter Richard Billinger zu einer Lesung in den Rathausfestsaal eingeladen. Billinger kam ohne Manuskript, nur mit einem Zettel, auf dem er ein paar Gedichttitel notiert hatte. „Wann's gnua habt's, sagt's ös", forderte er das Publikum auf. Einmal blieb er mitten im Gedicht stecken. Billinger dachte kurz nach und gestand dann: „I woaß nimmer weiter – aber es macht nix, es war eh a schlecht's Gedicht!"

Stegreifkomponist Kinzl

Unzählige Anekdoten gibt es über den 1978 verstorbenen Komponisten Franz Kinzl, der sich mit Vorliebe an die Orgel oder ans Klavier setzte, ohne vorher zu wissen, was er spielen würde. Zu später Abendstunde wurde Franz Kinzl einmal im Freundeskreis aufgefordert, zu improvisieren. Kinzl verlangte ein Thema. Als sich herausstellte, daß keiner seiner Freunde Klavier spielen konnte, sagte Kinzl: „Macht nichts, ein paar Töne werdet's wohl anschlagen können!" Daraufhin hämmerte einer unbekümmert auf irgendwelche Tasten. Aus diesen Zufallstönen entstand, in immer wieder neuen Variationen, in der nächsten Viertelstunde unter den Händen Franz Kinzls eine vollendete Stegreif-Komposition.

Karl Böhms Honorar

Das im März 1974 mit den Wiener Philharmonikern unter Herbert von Karajan mit Anton Bruckners Symphonie Nr. 7 in E-Dur eröffnete Linzer Brucknerhaus wurde bald zum Treffpunkt der internationalen Künstlerprominenz. 1975 kam Karl Böhm mit einem Schubert-Programm nach Linz. Er würde gerne auch Bruckner dirigieren, ließ er durchblikken, aber um ein paar Tausender wolle er dann schon mehr haben. 1976 dirigierte er Bruckners Achte und bekam dafür die „paar Tausender“ mehr. Bar auf die Hand übrigens. Denn Karl Böhm wollte sein Honorar sehen und angreifen. Generalmanager Horst Stadlmayr übergab es in der Pause diskret in einem Briefumschlag. Böhm nahm das Banknotenbündel heraus und zählte genußvoll nach, Tausender für Tausender. Dann erst ließ er sich ein Erfrischungsgetränk bringen.

Lehár in Bad Ischl

Bad Ischl, die Stadt, in der Franz Lehár lebte und wo er 1948 starb, ist seit 1961 Schauplatz von Operettenwochen. Anläßlich einer Aufführung von Lehárs „Paganini“ saß auch der Textdichter dieser Operette, Paul Knepler, im Zuschauerraum. Natürlich wurde er entdeckt, am Schluß der Vorstellung auf die Bühne geholt und gemeinsam mit den Darstellern gefeiert. In der ersten Reihe saß eine Amerikanerin, die besonders begeistert klatschte. „Look“, wandte sie sich an ihren Mann, „look, nice, old Lehár!“

Lesetournee

In einem oberösterreichischen Städtchen, auf der fünften Station einer Lesetournee, kam Dietmar

Grieser über Nacht die Stimme abhanden, Für den kommenden Abend war sein nächster Auftritt vorgesehen, die Volkshochschule hatte Plakate affichiert, die Buchhandlung eine Sonderauslage eingerichtet, der Korrespondent der Landeszeitung war zum Interview angesagt – und der Vortragende ohne jedes Sprechvermögen, stumm! Der nächste HNO-Arzt mußte her. Der Mediziner verordnete eine Roßkur: Cortison.

Zur zweiten Behandlung sollte der Patient gegen Mittag wiederkehren, zur dritten und letzten kurz vor Ordinationsschluß. „Nur bitte nicht zu spät", schärfte er dem Sprachlosen ein, „meine Frau und ich wollen nämlich am Abend zu einer Dichterlesung."

Grieser blickte verzückt auf. Fast hätte diese Mitteilung genügt, ihm die verlorene Stimme wiederzugeben. Mit gespielter Unwissenheit, auf eine triumphale Pointe hinarbeitend, fragte er: „Interessant – wer ist denn der Autor?"

„H. C. Artmann. Er liest in Linz."

LASK wird Meister

Der LASK spielte am 3. Juli 1965 sein letztes Match in der Meisterschaft, aber auch nach dem 2 : 0 Sieg gegen Vienna dachte niemand ernsthaft daran, deswegen die Meisterschaft gewonnen zu haben. Rapid brauchte zur selben Zeit in Graz nur unentschieden zu spielen, um den Titel zu erobern. Doch die Wiener verloren. Und der LASK war Fußballmeister! Jetzt erinnerte man sich an die Worte des LASK-Kapitäns Rudolf Sabetzer beim Lauftraining in Obertraun: „Vielleicht werden wir Marathon-Olympiasieger, Fußballmeister bestimmt nicht!“ Und jetzt erst gaben auch jene Fußballer, die damals nach einem 10-Kilometer-Lauf als erste durchs Ziel gerannt und deswegen von Trainer Frantisek Bufka gelobt worden waren, zu: „Ein paar Kilometer hat uns ein Kohlenwagen mitgenommen ...“

Normalisierung

Bereits 1945 und 1946 wollte Clemens Krauss den Salzburger Festspielsommer mit der Uraufführung der Oper „Die Liebe der Danae“ von Richard Strauss eröffnen. Der hochbetagte Komponist, Salzburg jahrelang verbunden, war von der Idee begeistert; freilich lag ihm daran, daß auch die äußeren Umstände dem würdigen Ereignis angepaßt sein sollten. Von „Normalität“ konnte jedoch noch lange keine Rede sein, weshalb er zunächst vorschlug, abzuwarten, und wenn es bis 1950 oder gar 1955 dauern sollte. Es vergingen schließlich sieben Jahre, bis sich die Verhältnisse einigermaßen normalisiert hatten und die Oper 1952 feierlich uraufgeführt wurde. Richard Strauss war allerdings schon drei Jahre tot und hatte die Uraufführung seines Alterwerkes nicht mehr erlebt.

Mozart-Expreß

Die Wiederherstellung der Verkehrsverbindungen war eine der vordringlichsten Aufgaben der ersten Nachkriegszeit.

Der Zug, den die amerikanischen Besatzungstruppen zwischen Salzburg und Wien benutzten, hieß „Mozart“. Ernst Lothar, der aus der Emigration als amerikanischer Offizier zurückgekehrt war, unterhielt sich in seinem Büro über Mozart. Darauf sein Gesprächspartner, ein amerikanischer Hinterwäldler, erstaunt: „Ah, das ist ein Komponist? Ich dachte immer, das sei ein Zug!“

Tourismus über alles

„Erwachsenenbildung" war das Schlagwort der fünfziger Jahre; den Bürgermeistern und Ortsgewaltigen ging es aber um handfestere Probleme wie Kanalisierung, Wildbachverbauung, Wohnbau usw. Das Ansinnen, in ihrem Ort eine Bücherei einzurichten, nötigte ihnen bestenfalls ein nachsichtiges Lächeln ab. Mit der Ortsverschönerung durch Blumenschmuck und der Förderung der Blasmusik glaubten sie ihren kulturellen Auftrag mehr als erledigt zu haben.

Der auftauchende Fremdenverkehr allerdings wurde zum „Sesam, öffne dich" für die Herzen der Bürgermeister. Auf diese Weise gelang es schließlich auch – erzählt Lieselotte Eltz-Hoffmann – in einem Dorf des Salzburger Landes, dem als Skigebiet eine große touristische Zukunft vorausgesagt wurde, die Errichtung einer Volksbücherei zu erwirken. Ihre Rangordnung im öffentlichen Leben der Gemeinde ließ sich bei der Eröffnung dann an dem über dem Eingang angebrachten Schild ablesen. Dort stand, noch in gotischen Lettern geschrieben und mit einem roten Pfeil versehen: „Öffentliches WC und Bücherei" . . .

Wadlbeißerei

Staatsbesuch des sowjetischen Ministerpräsidenten Chruschtschow bei Bundeskanzler Julius Raab in Wien: Julius Raab war dem am Beginn seiner Politkarriere stehenden Salzburger Wilfried Haslauer wohlgesonnen und ließ ihn beim Chruschtschow-Empfang unter Hunderten von anderen an seine Seite holen. Raab zu Chruschtschow: „Und das ist einer meiner jungen Wadlbeißer." Die

Dolmetscher waren verzweifelt, wie Wadlbeißer zu übersetzen wäre. Raab hatte eine Idee. Er hob das Bein, zog seine Hose in die Höhe und kratzte sich ausgiebig. Worauf Chruschtschow auch sein Hosenbein in die Höhe schob, sich ebenfalls kratzte und meinte: „Davon habe ich auch etliche."

Junger Großvater

Kreisky kommentierte einen Tag nach der für die SPÖ ungünstig verlaufenen Salzburger Landtagswahl 1974 den Wahlausgang vor seinen Mitarbeitern: „Salzburger haben mir gesagt, sie hätten dem gegenwärtigen Landeshauptmann Lechner nur deshalb den Vorzug gegeben, weil er der Ältere ist. Daß Steinocher jünger ist, bedeutet einen Nachteil, der mit jedem Jahr geringer wird." Des Kanzlers Kabinettschef konnte sich eine halblaute Bemerkung nicht verkneifen: „Steinocher ist ja *erst* 54 Jahre alt und Großvater . . ."

Ausgleichende Gerechtigkeit

Empfang für die Wiener Philharmoniker während einer Mozartwoche in der Villa Schmederer. Landeshauptmann Haslauer kam abgehetzt vom Wahlkampfeinsatz, hielt aus dem Stegreif eine Rede: „Ich freue mich besonders, unsere langjährigen Freunde, die Berliner Philharmoniker begrüßen zu können . . ." Den „Wienern" hat das gar nicht so viel ausgemacht, wie Vorstand Alfred Altenburger meinte, denn zwei Wochen zuvor hatte Bürgermeister Zilk zum Ausgleich aus den Berlinern „Wiener" gemacht . . .

Wir haben beschlossen
André von Mattoni, Maestro Karajans ehemaliger Pressereferent bei den Oster- und Sommerfestspielen, gab zu Gerüchten um eine Heirat Herbert von Karajans folgenden Kommentar: „Wir, Herr von Karajan und ich, haben uns entschlossen, nicht zu heiraten."
Und zu anderer Gerüchtegelegenheit: „Wir haben uns entschlossen, kein Kind zu bekommen."

Beschleunigung
Ernst Haeusserman zu einer jungen Schauspielerin, die mit der Entschuldigung zu spät kam, daß alles so hektisch sei, sie so in Eile gewesen und die Stiege runtergeflogen sei. Haeusserman scharfsinnig: „Ah ja, da hätten's ja eigentlich früher da sein müssen."

Nachlaßverwaltung
Ernst Haeusserman über die mit Glanz und Glorie auftretende Einzi Stolz, die unentwegt von den Plänen redete, die sie mit den Werken ihres verstorbenen Mannes Robert Stolz habe: „Ja, wenn ich die Einzi Stolz zur Witwe hätt', könnt ich auch beruhigt sterben."

Dankbare Bescheidenheit
Curd Jürgens, Ex-Jedermann, zum Salzburger Journalisten Karl Gruber: „Wenn sie nur meinen Namen

richtig schreiben, dann ist ihre Geschichte schon recht. Wissen Sie, es passiert so oft, daß ich Udo Jürgens genannt werde. Nicht daß ich was hätte gegen ihn, aber mein Name ist mir lieber."

Tiefstapelei

Heirat des Bühnenbildners Günther Schneider-Siemssen. Trauzeugen: Herbert von Karajan und Ernst Haeusserman. Bei der Aufnahme der Personalien wußte der Maestro nicht so recht, was er als Beruf angeben sollte. „Schreib halt Kapellmeister hin", riet Haeusserman trocken.

Holzfällen

Im Herbst 1984 wurde das Buch „Holzfällen" von Thomas Bernhard durch eine einstweilige Verfügung, bewirkt vom Komponisten Gerhard Lampersberg, in Österreich verboten. Das hatte einen ungeahnten Verkaufserfolg jenseits der Grenze, in den Freilassinger und Reichenhaller Buchhandlungen, zur Folge. Leute, die sonst nie Bernhard lasen, deckten sich mit der Kostbarkeit ein. Folgender Dialog ist von Eberhard Haidegger überliefert worden:

„Tja . . .. ich suche ein Buch von Thomas Suhrkamper . . ."

„Holzfällen?"

„Ja, genau, Holzbellen, das ist es!"

Wo liegt er denn?
Der Salzburger Markt Wagrain hat zwei Berühmtheiten aufzuweisen: den Ortspfarrer Joseph Mohr, der den Text zu dem Weihnachtslied „Stille Nacht, Heilige Nacht" verfaßt hat, und Karl Heinrich Waggerl. Einmal mußte der beliebte Erzähler folgenden Dialog zweier Touristen mitanhören:
„Also, det eine Jrab, det hab ik nu jefunden, det von dem Pastor Mohr."
„Und det andere?"
„Det von dem Waggerl, sare ik dir, det muß janz vasteckt liejen!"

Gegengeschäft
Am Ende einer seiner Vorlesungstouren, die ihn nach Bochum geführt hatte, wartete Waggerl auf das übliche Kuvert mit dem Honorar. Doch er wartete vergebens – also mußte er sich an den Veranstalter wenden.
„Wat? Jeld wollen Se auch noch? Sie verkaufen doch ihre Bücher bei uns, ist das nischt? Na, det näschte Mal denn!" und klopfte ihm begütigend auf die Schulter.

Kooperative Konkurrenz
Der Landesrat Wilfried Haslauer und der FPÖ-Politiker Zeillinger hatten an ein und demselben Tag, zur selben Uhrzeit jeweils eine Wahlkampfversammlung im Salzburger Land. Haslauer in Flachau, Zeillinger in Radstadt. Winter war's und Zeillinger blieb aufgrund fehlender Winterbereifung

mit seinem Auto vor Lend hängen. Der nachfolgende Haslauer nahm kurz entschlossen Zeillinger in seinem Wagen mit, fuhr ihn zu dessen Versammlung und raste zur eigenen. Zeillinger habe in seiner Rede recht über die ÖVP geschimpft, Haslauer recht über die FPÖ, heißt es. Zeillinger war früher fertig und ließ sich zu Haslauers Versammlung nach Radstadt fahren. Dort nahm ihn Haslauer wieder bis Lend mit und von da an trennten sich die Wege wieder.

Hauptsache: sauber

Sprechtag bei Landeshauptmann Haslauer: Eine 65jährige adrette Dame ringt mit den Händen, schlägt sie zusammen und sagt unentwegt „Ich trau' mich nicht, Ihnen mein Anliegen zu sagen, nein ich trau' mich nicht, sind Sie eh nicht bös." Nach langem Hin und Her rückt sie dann doch mit ihrem Begehr heraus: „Wissen'S, ich bin seit 15 Jahren Witwe, mir fehlt halt ein Mann, und da Sie so viele Menschen kennen, habe ich mir gedacht, Sie wüßten einen für mich."
Haslauer: „Ja, wie alt soll er denn sein?"
Die Dame: „Wenn er g'waschen is', kann er bis 90 sein."

Lokalaugenschein oder: kein Vergleich

Noch einmal Sprechtag: Wiederum eine Dame, die eine Viertelstunde wie ein Wasserfall redet, vom Hundertsten ins Tausendste kommt, sich über alles beschwert und auf die etwas ungeduldig klingende

Frage, wo man ihr denn helfen könne, zu Landeshauptmann Haslauer sagt: „Auf den Wahlplakaten schauen'S aber weit sympathischer aus.“

Vor-Bilder

So um 1980 herum ließ sich Landeshauptmann Wilfried Haslauer von einem Gemälde, das den Erzbischof Wolf Dietrich – auch einen ehemaligen Landesfürsten von Salzburg – darstellt, eine Kopie von einer akademischen Malerin machen.

Als Gag wollte er es in seinem Vorzimmer aufhängen, noch dazu, da er, als Übergag, in der Wolf-Dietrich-Straße wohnt.

Da aber Wolf-Dietrich sehr häßlich, wenn auch lebensecht, dargestellt ist, erlaubte seine Gattin die Hängung des Gemäldes nicht und hängte es eigenhändig wieder ab.

Gebotener Feiertag

Der 8. Dezember 1984 ging in die Annalen der Salzburger Wirtschaft und Politik ein: An diesem Feiertag – Mariä Empfängnis –, der in der geschäftsträchtigen Vorweihnachtszeit ausgerechnet auf einen Samstag fallen mußte, setzte sich Landeshauptmann Haslauer über die gesetzlichen Ladenschlußbestimmungen hinweg und verfügte einen Einkaufssamstag, um nicht das ganze Geschäft den grenznahen bundesrepublikanischen Läden zu überlassen. Es wurde dann ein Strafverfahren gegen Haslauer angestrengt und endete mit seiner bedingten Verurteilung. Seit jener Zeit – so Helmut Höffer – heißt der 8. Dezember für einen Salzburger Geschäftsmann nur mehr „Mariä Entgängnis".

Entlarvt

Helmut Qualtinger in Salzburg über einen Regisseur: „Der hat ein Falkenauge für das Unwesentliche."

Publicity

Alexander Lernet-Holenia war nicht nur charmant und geistreich, er besaß auch eine Neigung zu spontanen Zornesausbrüchen. In Sankt Wolfgang am Wolfgangssee, wo er ein Sommerhaus besaß, geschah es einmal, daß er einen Autofahrer ohrfeigte, der vor seiner Garageneinfahrt parkte. Im darauffolgenden Prozeß wurde er zu 1.000 Schilling Geldstrafe verurteilt.

Freunden gegenüber bekannte er daraufhin in trotziger Scham: „Also, den Betrag, den war es wirklich wert!"

Damals zirkulierte in Journalistenkreisen die Behauptung: „Vom Lernet liest man mehr in den Gerichtssaalspalten als auf der Literaturseite."

Richtigstellung

Bei den Salzburger Festspielen gab es eine „Zauberflöte" mit Bühnenbildern und Kostümen von Oskar Kokoschka. Eine begeisterte Besucherin flötete den Maler an: „Meister, ich bin von Ihrer ‚Zauberflöte' begeistert!“ „Gnädige Frau“, meinte Kokoschka, „Sie irren sich. Die Zauberflöte ist von Mozart.“

Träumerei

Der geniale Lyriker Franz Kießling, der sich zu Tode getrunken hat, befand sich in ewiger Geldnot. Bei einer Schriftstellertagung in Salzburg teilte er seinen Schlafraum mit Carl Julius Haidvogel. Kießling kam spät abends ins Zimmer, als Haidvogel schon zu Bett lag.

„Carl, schlafst schon?“

„Nein, was willst?“ brummte Haidvogel.

„Kannst mir dreihundert Schilling borgen?“ fragte Kießling.

„Ich schlaf schon“, murmelte Haidvogel.

Bescheidener Rolls-Royce

Adrienne Gessner über den bescheidenen, asketischen Josef Meinrad, der sich einen Rolls-Royce leistete: „Seit er den Rolls-Royce hat, ist er noch bescheidener geworden.“

Vor-Rang

Der Kupferbergbau in Mühlbach am Hochkönig wurde stillgelegt und die Bergbauregion in ein Fremdenverkehrsgebiet umgewandelt. Dazu wurde ein feierlicher Vertrag aufgesetzt, der von Landeshauptmann Haslauer und dem damaligen Vizekanzler Hannes Androsch unterzeichnet werden sollte. Haslauer, wie häufig, zeitlich recht knapp dran, bat die Gendarmerie, ihm eine Eskorte zu stellen, damit er den Vizekanzler nicht „versetze". Die weißen Mäuse winkten alle Autos zur Seite und Haslauer kam pünktlich in Mühlbach an. Wer nicht pünktlich kam, war Vizekanzler Androsch. Der befand sich nämlich in einem der zur Seite gewunkenen Autos. Auf die Frage, warum er denn gestoppt würde, sagte man ihm: „Der Landesfürst ist durchgezogen."

Zeitenwende

Zu einem steirischen Schriftstellertreffen nach dem Krieg in Aussee waren auch einige ehemalige Größen aus dem NS-Parnaß geladen, unter ihnen Bruno Brehm. Ulrich Baumgartner, der spätere Wiener Festwochenintendant, nahm als Berichterstatter einer Grazer Zeitung teil.

Als er Bruno Brehms ansichtig wurde, stellte er sich manierlich vor: „Damit keine Zweifel aufkommen, ich bin der Ulrich Baumgartner von der Neuen Zeit."

Bruno Brehm blickte zu ihm auf und sagte: „Und ich bin der Bruno Brehm von der alten Zeit."

Tausche Zucker gegen ...

In der Nachkriegszeit, als die Versorgung der Bevölkerung die Regierung noch vor große Probleme stellte, verlangte Bundeskanzler Figl, daß die Steiermark zweitausend Rinder für Wien und Niederösterreich stellen müsse. Im Gegenzug sollte die „grüne Mark" dafür einige Tonnen Zucker erhalten. Landeshauptmann Josef Krainer lehnte strikt ab und ließ sich auch von der Drohung, daß dann die Zuckerlieferung ausbleiben würde, nicht beirren: „Wenn meine Bauern zweitausend Rinder hergeben müssen, dann gehen etliche Höf zugrund. Wenn sie aber eine Zeitlang keinen Zucker haben, stirbt keiner. Merk Dir das, lieber Freund, und friß Dein Zucker selber!"

Die Entdeckung des Kreislaufs

In Radkersburg, der südlichsten Stadt Österreichs, wurde die neue Murbrücke feierlich eingeweiht. Danach saßen die Ehrengäste in Radein zu Tische. Krainer stellte folgende Frage an den anwesenden Marschall Tito: „Ist es wahr, Herr Präsident, daß Sie den Whisky für das beste Kreislaufmittel halten?“ Als Tito dies bejahte, schaltete sich Bundespräsident Franz Jonas ein: „Wissen Sie, Herr Marschall, seitdem Sie das festgestellt haben, hat der Landeshauptmann erst seinen Kreislauf entdeckt!“

No sports

Als Nikita Chruschtschow mit seinem Gastgeber Bundeskanzler Raab auch die Steiermark besuchte, gab es für den Kremlchef einen Empfang im Schloß Eggenberg. Landeshauptmann Krainer geleitete die beiden hohen Besucher über die Treppe hinaus zum Saal, als plötzlich Chruschtschow die Stiegen hinaufzulaufen begann. Der Landeshauptmann spurtete mit und blieb an seiner Seite. Bundeskanzler Raab aber, auf den Churchills berühmter Ausspruch „no sports!“ haargenau zutraf, ging gemächlich weiter.
Als Nikita das bemerkte, sagte er lachend zu Krainer, dem er sich auch wegen der beiderseitigen bäuerlichen Herkunft verbunden fühlte: „Wir zwei Rabotnice gute Lungen und prima Herz. Aber kleiner Kapitalist da hinten, nix gut. Kommt nicht mit.“

Probe auf's Exempel

Ein neuer Mandatar war in den Klub der steirischen

ÖVP-Landtagsabgeordneten gekommen und wurde vom Landeshauptmann Krainer, der damals nicht senior hieß, weil der Junior noch nicht in Erscheinung getreten war, herzlich begrüßt: „Wir sind alle per du, jeder kann hier frei und ungescheut seine Meinung sagen. Ein b'sonderes Protokoll gibt es nicht."

Gleich darauf sprach Krainer zu irgendeiner Materie und der Unglücksneuling meinte, sich postwendend „profilieren" zu müssen, indem er rief: „Ich glaub' aber, daß das nicht so ist, wie du sagst, Herr Landeshauptmann . . ."

Krainer sah nicht einmal hin zu ihm, sondern machte nur eine kleine, gewissermaßen wegwischende Handbewegung: „Du halt überhaupt zuerst einmal die Gosch'n!"

Der lärchene Stipfl

Krainer, der „lärchene Stipfl" – wie ihn seine Landsleute liebevoll-ehrfürchtig nannten –, führte das Land wie ein Bauer seinen Hof. „Demokratie ist ja schön und gut", hat er einmal gesagt, „aber anschaffen kann schließlich immer nur einer."

Krainer sen. zur russischen Revolution

Bei einem offiziellen Besuch in der Sowjetunion wurden dem steirischen Landesvater Krainer vom Leningrader Bürgermeister die ruhmreichen Schauplätze der russischen Revolution vor Augen geführt. Krainer zeigte sich recht unbeeindruckt und meinte trocken: „Aber wenn der Kerenskij nit so a Scheißer gewesen wär und ordentlich zurückgeschossen hätt, dann wär aus eurer ganzen Revolution ein Schmarrn geworden."

Steirisch-kärntnerische Nachbarschaftshilfe

Der Kärntner Landeshauptmann Wedenig war mit seinem steirischen Amtskollegen in Moskau. Im Hotel passierte ihm ein kleines Mißgeschick: Der Zimmerschlüssel war abgebrochen und Wedenig konnte nicht in sein Zimmer gelangen. Als auch Interventionen beim Portier nichts fruchteten, griff Krainer hemdsärmelig zur Selbsthilfe. Mit seinem ganzen Gewicht rempelte er gegen die Tür an, bis diese dem Druck nachgab. „So, jetzt kannst schlafen gehen, Wedenig", meinte er zufrieden, „Mußt halt den Kasten vorschieben, damit niemand hineinkann zu dir in dein Zimmer."

Methusalem

Zu dem neunzigjährigen steirischen Dichter Franz Nabl meinte eine beinahe ebenso alte Dame: „Ich glaube, der Tod hat uns beide vergessen."

„Psst!" machte Nabl, damit er's nicht hört!" und legte lächelnd den Finger an die Lippen.

Als er in Graz im Spital lag, wurde er gefragt, wie es ihm gehe.

„Nicht es geht", berichtigte er, „ich gehe".

Österreich zu Lande und zu Wasser

Österreichische Parlamentsabgeordnete sind im Besitz eines Fahrausweises, der sie zur kostenlosen Beförderung in der Eisenbahn und auf allen Schifffahrts- und Kraftfahrlinien im gesamten Bundesgebiet berechtigt. Im Zeitalter des Individualverkehrs hat das einst vielbeneidete „Privileg“ an Wert und Glanz eingebüßt. Da Österreich zudem ein Binnenland ist, scheint die angebotene Schiffahrt eher ein Fossil aus vergangenen Tagen zu sein. Es fehlt einem Mandatar einfach an Gelegenheiten, sein freies Seerecht in Anspruch nehmen zu können. Eine Ausnahme ist allerdings die Schiffahrt auf dem Hallstätter See, da dort der Eisenbahnreisende das Schiff benützen muß, um in den Ort zu gelangen. Eines Tages war der steirische ÖVP-Abgeordnete und Vorsitzende des Bundesrates, Otto Hofmann-Wellenhof, eben daselbst mit seinem Fahrausweis beim Juniorchef des Schiffsbetriebes vorstellig geworden. Als dieser treuherzig versicherte, noch nie von einer derartigen Freikarte gehört zu haben, wies ihm der Bundesrat das Dokument vor, auf dem sogar der Name des Mannes und der seines Vaters als Linieninhaber angegeben waren. In einem Atemzug gab er jedoch zu verstehen, daß er selbstverständlich bereit sei, seinen Obolus zu entrichten und die Karte ohnedies nur zum Spaß vorgezeigt habe. Nun aber – so erinnert sich Hofmann-Wellenhof – trat das schlechthin Österreichische in Aktion. Der liebenswürdige Schiffseigner wollte partout keine Bezahlung. Gratisfahrt, daran gäbe es nichts zu zweifeln. „Aber bitte, sein S’ doch gscheit und tun S’ mir einen Gefallen, nehmen S’ das Geld“, gab ihm der „Privilegierte“ zu verstehen, man müsse doch einen Spaß verstehen, und das Recht auf freie Seefahrt könne man schließlich wirklich nicht mehr ernst nehmen. Schon nahte das Ufer, da erhellte ein salomonischer Einfall das Gesicht des Kapitäns: „Wissen S' was, ich geb Ihnen eine Kinderkarte!" Gesagt, getan, und Dr. Hofmann-Wellenhof hat sie noch heute. weil diese Karte für ihn, wie er zu Recht meint, „ein ganz kleines Stück Österreich ist"!

Geschichtsbewußte Kulturförderung

Obwohl der konservativen ÖVP angehörig und der Volkskunde tief verbunden, war der Doyen der steirischen Kulturpolitik, Landtagspräsident Dr. Hanns Koren, ein aufgeschlossener Förderer der modernen Kunst. Als er wegen seiner avantgardistischen Haltung einmal direkt angesprochen wurde, gab er zur Antwort: „Weißt du, die Scharlatane fallen ohnhein durch den Rost der Geschichte. Ich aber kann es mir nicht leisten, das Risiko einzugehen, einen wirklichen Künstler nicht gefördert zu haben."

Hut ab

Dr. Hanns Koren war mit Gott und der Welt bekannt, auch schon bevor er in die offizielle Kulturpolitik einstieg. Eines Tages begleitete er seinen verehrten akademischen Lehrer Univ.-Prof. Dr. Viktor von Geramb auf einem ausgedehnten Spaziergang durch die Grazer Herrengasse. Immer wieder kamen Freunde und Bekannte vorbei, die grüßten und denen man dankte.

Als man am Hauptplatz angelangt war, meinte Geramb zu seinem Schüler: „Weißt du, Koren, mit dir spazierengehen ist ja sehr lustig, aber der Huat wird an hin dabei."

Nächtliches Jobgespräch

1968 ging Dr. Klaus daran, sein Kabinett umzubilden. Eines Nachts läutete es gegen 24 Uhr in der Wohnung des damaligen steirischen Landesrates Univ.-Prof. Dr. Hanns Koren. Eine Sekretärin des Bundeskanzlers war am Apparat und verband mit Dr. Klaus. Nach den üblichen Begrüßungsworten hörte der ebenfalls im Zimmer anwesende älteste Sohn Korens lange nichts, sein Vater hüllte sich in Schweigen. Dann kam sein erstaunter Satz an den Wiener Gesprächspartner: „Hier spricht der Hanns und nicht der Stephan. Da mußt du wohl den Falschen erwischt haben!"

Dr. Klaus hatte ihn nämlich gerade darum gebeten, das Amt des Finanzministers zu übernehmen, wozu sich der Doyen der steirischen Kulturpolitik bei allem guten Willen wirklich nicht berufen fühlte. Das Amt als Nachfolger von Dr. Wolfgang Schmitz im Kabinett Klaus lag dann in den Händen von Univ.-Prof. Dr. Stephan Koren.

Musikprotokoll
In Tirol und Vorarlberg wurde im Juli 1945 die amerikanische Besatzung von den Franzosen abgelöst, die ab sofort den Bereich unter ihre Verwaltung nahmen. Eine große Übergabefeier wurde vorbereitet, und das Zeremoniell sah auch das Abspielen der beiden Nationalhymnen vor. Als der für das Festprogramm verantwortliche französische Offizier jedoch feststellen mußte, daß die Haydn-Melodie mit dem verpönten Deutschlandlied identisch war, legte er ein energisches Veto ein. Als nächstes wurde nun der Andreas-Hofer-Marsch vorgeschlagen; wieder nichts, denn der Titel erinnerte die Franzosen doch zu sehr an die unliebsamen Volksaufstände der Tiroler gegen ihre französischen Besatzer im Jahre 1809. So einigte man sich schließlich auf die Beethovensche Egmont-Ouvertüre.

Diplomatisches Geschichtsbewußtsein
Die vier Hochkommissare der Alliierten waren in ihren jeweiligen Besatzungszonen Oberbefehlshaber. Für Tirol und Vorarlberg war dies der französische General Béthouart, ein großer Freund Österreichs. Eines Tages erschien bei ihm eine Tiroler Delegation und fragte, in Erinnerung an die ehemalige Feindschaft zwischen Franzosen und Tirolern etwa zögernd, ob man auf dem Berg Isel eine Andreas-Hofer-Gedächtnisfeier abhalten dürfe. Darauf Béthouart, strahlend: „Aber natürlich! An-

dreas Hofer, das ist doch der, der 1809 die Bayern besiegt hat!“

Graus

Alois Graus, Tiroler Landeshauptmann von 1951 bis 1957, galt als eher beamtenfeindlich. Einmal fuhr der Südtirol-Referent der Tiroler Landesregierung und spätere Archivdirektor Hofrat Dr. Eduard Widmoser dienstlich nach Bozen, wo ihn Landeshauptmann Dr. Silvius Magnago einlud, an seinem Tisch Platz zu nehmen. Plötzlich kam Landeshauptmann Graus zur Tür herein und fragte Widmoser, warum er denn hier sitze. Der antwortete, Landeshauptmann Magnago habe ihn eingeladen. „Worauf Landeshauptmann Graus sagte: „Wer an meinem Tisch sitzt, bestimme immer noch ich!“

Gewählte Ausdrucksweise

Die folgende Anekdote ist nicht verbürgt, wird aber in Tirol als wahre Begebenheit erzählt. Nach dem Krieg tauchte Otto von Habsburg in Rotholz bei Alois Graus auf, der damals ein führender Bauernpolitiker war, und sagte, er werde Graus zum Landeshauptmann machen. Worauf Graus antwortete: „Majestät, in Tirol ist noch jeder Landeshauptmann gewählt, nicht gemacht worden.“

Walli noch ganz klein

Als Eduard Wallnöfer am Beginn seiner Karriere als

kleiner Bezirkssekretär plötzlich in den Landtag und dort gleich als Landesrat in die Regierung kam, sagte Landeshauptmann Graus: „Jetzt bekommen wir einen Landesrat, der nicht weiß, daß man Schilling mit großem S schreibt."

Walli in Wien

Zu dem früheren Landeshauptmann Alois Graus hatte Wallnöfer ein eher distanziertes Verhältnis. Das mag davon hergerührt haben, daß Graus den Großbauern, Wallnöfer den aus Südtirol zugereisten Kleinbauern verkörperte. Als Tirol Ende der fünfziger Jahre von Lawinenkatastrophen heimgesucht wurde, fuhr der junge Landesrat Wallnöfer nach Wien, um Sonderhilfsmittel für die Opfer zu bekommen. Und schon damals erweichte seine Natürlichkeit und das ergreifende Mitgefühl, mit dem er die Leiden der Waisen und überlebenden Opfer schilderte, die Wiener Minister- und Behördenherzen. Er kam mit gewaltigen Geldmitteln zurück, deren Höhe in Tirol fassungslos zur Kenntnis genommen wurde. Als er dem Landeshauptmann Graus berichtete, sagte dieser: „Der Staat muß zugrundegehen, in dem das Geld so locker sitzt." Wallnöfer hat die eher nach Rüge denn nach Lob klingende Äußerung seines Chefs lange nicht verschmerzt.

Kompetenzverteilung

Tirols jüngere Geschichte in Anekdoten wurde im „Stiegl" gemacht. Nach dem zweiten Liter Wein und der 30. Zigarette des Tages ließ Landeshauptmann Eduard Wallnöfer in diesem dem Tiroler Landhaus nächstgelegenen Gasthaus unsterbliche Sprüche los. „Ohne Wein fällt einem nix ein“, pflegte der „Walli“ zu sagen, doch zuviel des Guten schätzte er auch bei seinen befreundeten Regierungsmitgliedern nicht. „A bißl weniger saufn könnteschcht, und a bißl fleißiger könnteschcht sein!“, rügte er einmal den Tiroler Wohnbauchef Landesrat Karl Erlacher, der aber dem Walli postwendend zurückgab: „Saufn tu i gleich viel wie du, und wenn i fleißiger wär, dann wärsch nit du Landeshauptmann, sondern i!“

Verschmähtes Trostpflaster

Als Mitte der siebziger Jahre Landesrat Karl Erlacher zur Aufgabe seines Regierungssitzes gedrängt wurde, weil Josef Thoman aufrücken sollte, wurde Erlacher als Trostpflaster der Posten eines Landtagsvizepräsidenten angeboten. Er solle sich da mit Thoman ins Einvernehmen setzen, damit alles gütlich ohne Parteistreit geregelt werde. Erlacher ging zu Thoman und sagte kurz: „Vizepräsident war ich ja schon einmal, das ist kein Posten für mich, denn da kann man sich nur hinaufsetzen, wenn der Präsident aufs Klo brunzn geht.“
Zu diesem Zeitpunkt hatte Wallnöfer bereits den Osttiroler Fridolin Zanon als neuen Landesrat im Talon, Josef Thoman wurde Präsident des Tiroler Landtages. Erlacher ging leer aus.

Und trotzdem alles rechtens

Politik hat Wallnöfer immer als Hilfe für den

Menschen verstanden. Das hatten seine Landsleute bald herausgefunden. Sie standen schon im Morgengrauen vor seinem Hof in Barwies. Die ersten Bittsteller empfing Wallnöfer, während er sich ankleidete und rasierte. „Dös Land kannscht nur regieren, wenn'st täglich oan Gesetzesbruch begehscht!", sagte er, und selbst sein härtester Gegner, der Landeshauptmannstellvertreter und spätere Finanzminister Dr. Herbert Salcher, konnte solche „rechtsstaatsfeindlichen Aussagen" nicht in bare Stimmengewinne ummünzen, weil jeder Tiroler wußte, daß „der Alte" sein Lebtag keinen Rechtsbruch zum eigenen Vorteil begangen hatte.

Walli als Hausmann

Als die ÖVP-Frau Marga Hubinek auf einer Pressekonferenz in Innsbruck den „Hausmann" propagierte und dessen finanzielle Unterstützung durch den Staat forderte, schaute Wallnöfer die ganze Zeit sehr unglücklich drein. Nach der Pressekonferenz im Hotel Europa fragte er vorsichtig: „Isch die Hubinek weck?" Als ihm versichert wurde, sie sei schon auf der Rückreise nach Wien, bestellte er eine weitere Flasche Grauvernatsch und sagte: „Es mag schon sein, daß ich zu konservativ bin und die heutige Zeit nicht mehr verschteh. Aber wenn ich mir vorstell, daß ich ein Hausmann wär, die Luise mir in der Fruah die Poppn in die Hand druckt und zur Arbeit geht, i wißt nit, was i dann tat. Es wär jedenfalls schrecklich, i mit der Poppn dahoam." (Poppn = Baby, Luise = seine Ehegattin, Anm. d. Red.)

Wenn einer eine Reise tut

Wer in der Forschung was zählen will in Europa, muß bekanntlich ein Jahr in Amerika verbracht haben. Als im „Stiegl“ einmal die Rede darauf kam, sagte Wallnöfer: „Ich woaß, daß jeder nach Amerika fahren muß, i hob aber bis jetzt no koan kennenglernt, der gscheiter zruckkemmen isch.“

Bevölkerungspolitik

Die Entsiedelung extrem gelegener Seitentäler war Wallnöfers großes Sorgenkind. Einmal fuhr er mit seinem Raumordnungshofrat Dr. Weingartner in den fünfziger Jahren in eine entlegene Gemeinde des Lechtales, wo der Pfarrer ein Gasthaus führte und jammerte, daß er keine Kellnerin habe. Er könne sich keine leisten. Wallnöfer ordnete an, daß die Kellnerin aus Raumordnungsmitteln bezahlt werde. Ein flottes Dirndl trat den Dienst an, wurde bald schwanger und heiratete den Vater ihres Kindes, einen Bergbauern. Als Wallnöfer davon erfuhr, sagte er: „Dös isch mei Bevölkerungspolitik!“

Zwei Oberösterreicher in Tirol

Selbstbewußtsein hatte auch der bedeutende Innsbrucker Anatom DDr. Gustav Sauser, der aus kleinen Verhältnissen in Wels stammte und als Ordinarius für Anatomie in Innsbruck eine der herausragenden Gelehrtenpersönlichkeiten nach dem Zweiten Weltkrieg war. Berühmt waren seine Vorlesungen über Medizinethik. Bei einer Rede sagte er einmal: „Wels hat einen großen Mann hervorgebracht, Wagner-Jauregg, er ist der einzige Nobelpreisträger von Wels – noch.“

Grass-owski

Nikolaus Grass, der dreifache Doktor, hat Generationen von Juristen ausgebildet und war als exzellenter Kenner der Rechtsgeschichte, aber auch als schrulliger Mensch bekannt. Als ein gewisser Friedrich Nowakowski, der spätere berühmte Strafrechtler, nach dem Krieg relativ rasch zum ordentlichen Professor ernannt wurde, obwohl er wenig veröffentlicht hatte, wurmte das den fleißigen Nikolaus Grass sehr. Er tröstete sich aber schließlich mit dem Ausspruch: „Der Prophet im eigenen Land gilt halt nix. Tät i nit Grass, sondern Grassowski heißen, wär i jetz a schon Ordinarius!“

Mitgefühl

Bei seinen täglichen Fahrten im Dienstauto von Barwies nach Innsbruck kam Wallnöfer einmal an der Universität Innsbruck vorbei, als dort die schwarze Fahne herausgehängt war. Als er den Professor DDDr. Nikolaus Grass sah, der auf dem Weg zur Frühvorlesung um 8.15 Uhr war, ließ er den Fahrer anhalten, kurbelte das Seitenfenster herunter und fragte den Gelehrten, wer denn gestorben sei. Professor Grass beugte sich kurz herunter, sagte „Keine Ahnung, Herr Landeshauptmann, mir ischt jeder recht!“ – und ging weiter.

Tiroler Selbstcharakteristik

Der Fürsorgerat Hans Bator war nach dem Krieg die „graue Eminenz" der Tiroler Politik. Er war Schriftsteller und Journalist, kannte alle wichtigen Politiker Österreichs und war unermüdlich damit beschäftigt, für arme Tiroler Studenten Geld und Kostplätze aufzutreiben. Das „Tirolerheim" in Wien ist sein Lebenswerk.

Er war ein glühender Tiroler Patriot, aber kein Chauvinist. Diesen Unterschied mußte auch ein hoher Tiroler Politiker bitter erfahren, als er in Bators „Residenz", dem Gasthof Hellensteiner in der Andreas Hofer Straße in Innsbruck, über die Wiener schimpfte und sich solcherart bei Bator einschmeicheln wollte. „Die Wiener sind nett beim Heurigen, aber eigentlich sind sie alle falsch und intrigant", sagte der Politiker. Darauf blickte Bator seinem Gegenüber scharf in die Augen und sagte: „Und die Tiroler sind herzjesutreu und hinterfotzig!"

Frau Holle

Ende der sechziger Jahre kam eine neue Mode auf: weiße Strümpfe und enge, sehr kurze Röcke. Während der Morgenbesprechung mit seinem Sekretär blickte der eher konservativ eingestellte Präsident der Tiroler Handelskammer, Heinrich Menardi, ziemlich verstört auf, als seine Sekretärin im Stil der neuen Mode das Zimmer betrat, um ein Schriftstück abzulegen. Nachdem sie gegangen war, fragte der Präsident seinen Sekretär: „Seit wann sitzt diese Frau Holle in meinem Vorzimmer?"

Häkkeln hat er miaßn

Wenig später machte Menardi auch seinem Unmut über den modernen Schulunterricht Luft und sprach: „Neulich kam ich früher nach Hause, und als ich fragte, wo mein Enkel ist, i hob nämlich einen sehr nettn Enkel, sagte man mir, der sei zum Nachmittagsunterricht in der Schule. Jetzt hamms den Blödsinn also auch scho in der Volksschul eingführt, hob i mir denkt. Aber es kommt noch schlimmer. Als mein Enkele nach Haus kimmt, frog i ihn: Hasch fleißig gerechnet? Nein, sagt der Enkel. Frag i: Hasch brav Aufsatz gschriebn? Na, sogt mei Enkele. Da frag i den Buam: Ja was hasch denn dann gmacht in der Schul? Wissn Sie, verehrte Herrn da am Tisch, was mei Enkel in der Schual hat tian miaßn? Häkkeln hat er miaßn, wia a Madl häkkeln! Wenn dös die heitige Zeit isch, dann bin i halt zu konservativ, denn des begreif i nimmer. A Bua, moan i, sollt im Unterricht halt was Gscheiters lernen als ausgerechnet häkkeln!"

Selbstvertrauen

In den späten siebziger Jahren wurde Wallnöfer von Freunden gedrängt, endlich zu sagen, wer von den drei P, der Partl, der Prior oder der Posch, einmal sein Nachfolger würde. Walli tat einen tiefen Schluck aus dem Weinglas und sagte mürrisch: „Bis zum Jahr 2000 tu i mirs selber!"

Mittlerweile wissen wir, daß er im März 1987 sein Amt aus Gesundheitsgründen zurückgelegt hat und sein Nachfolger Partl heißt.

Lange Leitung

Die Zensur war allgegenwärtig. Wollte in der ersten Zeit der Besatzung ein Vorarlberger ein Ferngespräch mit der Schweiz führen, so mußte die Leitung über Wien laufen, damit die dort amtierende alliierte Telefonzensur tätig werden konnte!

Logik

Der Vorarlberger Finanzreferent Adolf Vögel aus Doren im Bregenzerwald war bekannt für seine große Sparsamkeit. Auch als im Bregenzerwald eine wichtige Brücke gebaut werden sollte, war er bei der Finanzierung knauserig. Als deshalb bei der feierlichen Eröffnung die Honoratioren im Bregenzerwald leise Kritik übten, weil die Brücke durch seine Sparsamkeit sehr eng ausgefallen sei, antwortete er ihnen nur: „Besser zu eng als zu kurz!"

Ratlosigkeit

Einer der Gründer der Bregenzer Festspiele nach dem Krieg war der Bregenzer Stadtrat Adolf Salzmann. Er betrieb in Dornbirn einen Wäschehandel und war mehr Geschäftsmann und Manager als Kulturkenner. Wegen seiner Aktivitäten wurde er zum Festspieldirektor ernannt. Eifrig bemühte er sich auch um die Programmgestaltung. Damals war es üblich, den Spielplan mit den Wiener Kulturgewaltigen abzustimmen. Einmal rief er im Wiener Volkstheater an und fragte den Direktor, welches Stück heuer gut in den Rahmen der Bregenzer Festspiele passen würde. Der Direktor dachte eine Weile nach und empfahl dann: „Was ihr wollt". Gemeint war natürlich das Shakespeare-Stück. Direktor Salzmann aber antwortete verärgert: „Wenn ich wüßte, was ich will, würde ich Sie ja gar nicht fragen!"

Topographisches Mißverständnis
Eine für die Bregenzer Festspiele verpflichtete Sängerin kam eines Tages in das Büro Direktor Salzmanns und entschuldigte sich, daß sie heute nicht auftreten könne, weil sie sich unten bei den Proben verkühlt habe. Mit „unten" meinte die Kammersängerin die Bühne am See – der Festspieldirektor aber etwas anderes, denn er antwortete: „Wenn Sie sich nur unten verkühlt haben, können Sie ja trotzdem singen!"

Hoffnungsvoll
Während der Bregenzer Festspiele verfolgte eine Bäuerin die Proben des Staatsopernballetts auf der Seebühne. Die Darbietung gefiel ihr recht gut, aber eine Sorge plagte sie: Schließlich befragte sie einen Bühnenarbeiter: „Am Abend singen's aber scho lauter?!"

Schiffstaufe

Otto Probst – Floridsdorfer SPÖ-Bezirkskaiser und Verkehrsminister der schwarz-roten Koalition unter Klaus/Pittermann – mußte die heiklen föderalistischen Aufgaben seines Ressorts am eigenen Leib erfahren. Ein neues Schiff auf dem Bodensee sollte auf den Namen „Karl Renner“ getauft werden; an und für sich kein Problem, hätte man nicht vergessen, die Vorarlberger Behörden in die Vorbereitungen und Überlegungen einzubeziehen. So aber stellte sich das „Ländle“ trotzig dagegen und verlangte „Vorarlberg“ als Bezeichnung. Probst ließ sich jedoch vom gefaßten Beschluß nicht abbringen und auch nicht von seiner Teilnahme an der Schiffstaufe in Fussach, obwohl der zuständige Landessicherheitsdirektor ein Fernbleiben für ratsam hielt. Es kam, wie es kommen mußte. Die erbosten Vorarlberger überpinselten aus Protest den Namenszug „Karl Renner“, es kam zu Tumulten, und der Minister erhielt einen wenig schmeichelhaften Namen verpaßt: Als „Probst von Fussach“ ging er in dieses Ost-West-Kapitel der Zweiten Republik ein.

Wettblasen

Der Gründer der SOS-Kinderdörfer, der Vorarlberger Bauernsohn Hermann Gmeiner, beherrschte keine Fremdsprache, aber alle Welt verstand ihn. Als er einmal mit Präsident Siad Barré das Kinderdorf in Somalia besuchte, hatte Gmeiner einen Sack Luftballons mit, die er aufblies und an die jubelnde Menge verteilte. Siad Barré stand dabei und lächelte. Da drückte Hermann Gmeiner ihm ein paar Ballons in die Hand und sagte im urigsten Dialekt: „Do, Präsident, blosch aa auf!“ Und Barré blies auf ...

Wohin?

Am 2. April 1945 wurde Wien von den Nazis zum Verteidigungsbereich erklärt. Auf Plakaten wurde Frauen und Kindern empfohlen, die Stadt zu verlassen. Im Historischen Museum der Stadt Wien findet sich ein Exemplar dieses Aufrufes, das den handschriftlichen Bleistiftzusatz trägt „Wohin?"
Zur gleichen Zeit ließen die vordringenden Sowjets, die die burgenländische Grenze bereits überschritten hatten, über der Stadt Flugblätter abwerfen, in denen sie die Bevölkerung zum Bleiben aufforderten und die baldige Befreiung ankündigten.

Bürgermeisters Amtskappel

Im April 1945, nach der Befreiung Wiens durch die Sowjetarmee, amtierte in der Stadt für kurze Zeit der Kommunist Rudolf Prikryl als selbsternannter Bürgermeister von Wien. Seine Macht beruhte vor allem auf einer eindrucksvollen Stampiglie „Bürgermeisteramt von Wien". In dieser chaotischen Zeit waren Stampiglien und Dokumente, Abzeichen und Armbinden – auch „selbstgestrickte" – tatsächlich oft Goldes wert. Prikryl, im übrigen ein freundlicher und harmloser Mensch, stellte die verschiedenartigsten Bescheinigungen aus, vergab Wohnungen und Genehmigungen zur Übernahme von Geschäften geflüchteter Nationalsozialisten. Vor allem aber vergab er Posten und bezahlte seine Mitarbeiter mit frischem Brot, das er von den Sowjets ergatterte.

Von der „Maispende“ zur „Erbsenschuld“

Am 1. Mai 1945 verkündeten die Sowjets für ganz Wien eine großzügige „Maispende“. Erbsen sollten an die hungernde Bevölkerung verteilt werden, doch es stellte sich heraus, daß die Hülsenfrüchte mit einer unbeabsichtigten „Fleischbeilage“ geliefert wurden. Sie waren wurmig, und so machten sich die Wiener im Familienkreis dankbar und nachsichtig zugleich daran, die Erbsen Stück für Stück zu verlesen. Jahre später, als die Staatsvertragsverhandlungen im Gang waren, verwandelte sich diese legendäre „Maispende“ über Nacht in eine „Erbsenschuld“, deren Bezahlung die Sowjets nachdrücklich einforderten.

Kunststück

Österreich war besetzt und in vier Zonen unter den Alliierten aufgeteilt, ebenso Wien. „Die Vier im Jeep“ gehörten bald zum alltäglichen Stadtbild. Nach dem Krieg hatten viele Wiener noch nicht ganz die alliierten Bombenangriffe auf ihre Heimatstadt vergessen, und das trübte naturgemäß die Sympathie für die Amerikaner. So erhielt auch ein amerikanischer Offizier, der nach dem Weg zur Oper fragte, die nicht eben zuvorkommende Antwort: „Wanns es aus da Luft g'funden habts, werns es z'Fuaß aa findn!“

Goldenes Wienerherz

Fritz Kortner war in seiner bissigen Kritik am „goldenen Wienerherz“ ein Vorläufer Helmut

Qualtingers. Einmal erklärte er: „Anderswo machen die Leute aus ihrem Herzen eine Mördergrube, in Wien machen sie aus ihrer Mördergrube ein Herz.“

Russische „Wiener“
Die Einnahme Wiens wurde in Moskau mit 24 Salven aus 324 Geschützen gefeiert. Für die an der Befreiung beteiligten Soldaten gab es Medaillen, und mehr als 50 Einheiten der Roten Armee wurden mit dem Ehrennamen „Wiener“ ausgezeichnet. Das tatsächliche Verhalten der Sowjetsoldaten den Bewohnern der Stadt gegenüber ließ jedoch vielfach zu wünschen übrig.

Die Powidlkrankheit
In den ersten Tagen nach der Befreiung im Jahre 1945 grassierte in Wien eine merkwürdige Epidemie, die im Volksmund den Namen „Powidlkrankheit“ erhielt. Um vor den an der Tagesordnung stehenden Nachstellungen und gewaltsamen Annäherungen der russischen Besatzer sicher zu sein, schmierten sich die Frauen Marmelade ins Gesicht. Der dadurch hervorgerufene Anschein von Ausschlag und seuchenartiger Erkrankung soll in vielen Fällen tatsächlich abschreckend gewirkt haben.

Zwangshygiene
Aber auch auf Seiten der westlichen Alliierten

begegnete man den Österreichern nicht immer mit dem nötigen Maß an Menschlichkeit. Alle Züge, die von Wien in den Westen kamen, wurden bei der Ennsbrücke gestoppt und großzügig desinfiziert. Naive Burschen aus den USA in GI-Uniform machten sich einen Spaß daraus, ausgemergelten, hohlwangigen Frauen die Röcke hochzuheben und ihre DDT-Spritzen abzuschießen, so daß die armen, bedauernswerten Geschöpfe in dichte Wolken gehüllt wurden.

Die Räuber

Die Übergriffe und Plünderungen durch die Soldaten der Sowjetarmee hielten noch jahrelang an. Bei der herrschenden Zensur war es schwierig und gefährlich, die Dinge beim Namen zu nennen. So entwickelte sich ein raffinierter Zeitungsstil mit stehenden Wendungen wie: die Täter waren „unbekannte Männer mit uniformähnlicher Kleidung, die eine slawisch klingende Sprache benützten". Zeitungsgeschichte machte damals die „Arbeiter-Zeitung" mit der unglaublich mutigen Schlagzeile: „Heute und täglich: Die Räuber."

Musik mit Schmalz

Für ihre ersten Auftritte unmittelbar nach der Befreiung erhielten die Wiener Philharmoniker zunächst als Entschädigung Eßwaren, manchmal auch nur eine größere Portion Schmalz. Das erste Konzert unter dem in Wien gebliebenen Dirigenten Clemens Krauss fand übrigens schon am 27. April 1945 statt.

Repräsentation

Wiens Bürgermeister Theodor Körner bemerkte 1946 in Hörweite der wohlbeleibten Stadträte Novy, Albrecht und Afritsch: „Schau, und mit diesen ausgefressenen Stadträten muß ich das hungernde Wien repräsentieren.“

Zur Rehabilitierung des verdienstvollen ehemaligen Bauarbeitergewerkschafters Novy muß allerdings daran erinnert werden, daß er trotz seiner Leibesfülle selbst vor physischen Gewaltleistungen für Österreich nicht zurückschreckte: 1943 sollte er vom schwedischen Exil aus illegal nach England fliegen, um mit den dortigen Genossen Kontakt herzustellen. Er wurde in den sehr engen und unbequemen Laderaum eines kleinen Flugzeugs gepfercht, und es begann ein äußerst turbulenter Flug. Als er nach der Landung mehr tot als lebendig aus dem Laderaum befreit wurde, mußte er entdecken, daß er nicht in London angelangt war, sondern wieder zum Ausgangspunkt seiner Reise zurückgekehrt war. Infolge Schlechtwetters hatte das Flugzeug auf halbem Weg umkehren müssen. Novy und Kreisky kamen daraufhin für einige Zeit ins Gefängnis – hinter „schwedische Gardinen“.

Die tüchtige Wienerin

Die österreichische Frauenbewegung wurde im Juni 1945 als eine der Teilorganisationen der bündisch strukturierten ÖVP gegründet. Zum Jahresende wurden die Wienerinnen unter dem Motto „Was die tüchtige Wiener Hausfrau selbst in diesen schweren Zeiten zu leisten imstande ist“ zu einer Ausstellung eingeladen. Gezeigt wurden u.a. Gebrauchs- und Luxusgüter, Spielwaren, Bilderbücher. Kochbücher waren keine dabei – man hätte damals unmittelbar nach dem Krieg dafür infolge Mangels an geeigneten Ingredienzen wohl auch kaum Verwendung gehabt.

Küchenpantscherei

Ende 1949 und zu Beginn der fünfziger Jahre hatte sich die Versorgungslage in Wien so weit gebessert, daß Rationierungen für Essen in Gaststätten aufgehoben werden konnten. Nur für Fleisch wurden noch weiterhin Karten ausgegeben. Es dauerte jedoch bis zur Mitte der fünfziger Jahre, bis die ominösen „Erbsenstrudel“ und die aus Kaffeesud hergestellten „Mohnstrudel“ und „Mohntorten“ von den Speisezetteln der einfallsreichen Wiener verschwunden waren.

Auf der Kehrseite

Im Zuge der sogenannten „Entnazifizierung“ wurden großangelegte Aufklärungskampagnen durchgeführt. Berichte ehemaliger KZ-Häftlinge nahmen dabei einen bedeutenden Platz ein. Der damalige Bezirksvorsteher von Döbling Karl Mark lud schon im Mai 1945 den eben aus Mauthausen zurückgekehrten späteren Energieminister Dr. Alfred Migsch zu einem Vortrag in den Bezirk ein. Bezeichnend für die Versorgungslage der damaligen Zeit ist der Umstand, daß die Ankündigung dieser Veranstaltung auf der Rückseite eines Nazi-Plakats gedruckt wurde!

Wanta ski?

Die GIs in Wien entdeckten bald die Möglichkeit, in der hügeligen Umgebung der Stadt Schi zu fahren. Der Freizeitdienst der amerikanischen Streitkräfte warb alsbald bei seinen Soldaten mit dem Spruch „Wanta ski in Vienna? Thru the Vienna Woods. Instructors available“ für dieses neue Vergnügen. Für die Mehrheit der Wiener allerdings gab es mangels an Schiern zunächst kaum die Möglichkeit, an den winterlichen Freuden teilzuhaben. Sie hatten 1941/42 ihre Bretteln – oft unter Druck – für die Soldaten an der Ostfront abgegeben.

Es lebe der Sport

Dennoch entdeckten auch die Wiener frühzeitig wieder ihre Liebe zum Sport und zu Sportveranstaltungen. Geradezu sensationell war im Jahr 1946 ein von den Franzosen gesponsertes Radrennen, das den Wienern ein Wiedersehen mit ihrem Idol Max Bulla brachte, der gegen die starke französische Konkurrenz schließlich auch noch den Sieg davontrug.

Preisgeld

Motorradveranstaltungen, z. B. auf der 3,8 km langen Strecke von Maria Enzerdorf nach Gießhübl, brachten Abwechslung für die Stadtbevölkerung und schöne Preisgelder für die Rennsportler. So verdiente der Sandspezialist Martin Schneeweiß bei einem Rennen im Wiener Stadion an einem einzigen Tag insgesamt unfaßbare 4.800 Schilling.

Kulturbürokratie

Nach dem Krieg scharte Hans Weigel die junge Literatengeneration im Café Raimund um sich, stiftete Literaturpreise, die vom kleinen Mokka bis zum Paar Frankfurter – das war schon ein Nobel-Preis – reichten, und versuchte mit nie versiegender Überzeugungskraft, mit Drohungen und Bitten die Aufmerksamkeit der Verleger und des Publikums auf sie zu lenken.

Als er mit seinen Schützlingen ins Wiener Rathaus kam, wo Bürgermeister Theodor Körner die Jungdichter mit Wein und Zigaretten verwöhnte, prägte dieser die merkwürdigen, auf das Phlegma der Kulturbürokratie gemünzten Worte: „Gegen Gallert kann man nicht treten. Es bleibt keine Spur darin zurück!"

„Joschi" Holaubek

1947 wurde von Innenminister Oskar Helmer der Wiener Branddirektor Joseh Holaubek als Nachfolger des Kommunisten Dürmayer in das Amt des Wiener Polizeipräsidenten eingesetzt. „Joschi", wie er von seinen Wienern liebevoll genannt wurde, erlangte große Beliebtheit in allen Kreisen der Bevölkerung. Unsterblich geworden ist er durch seinen unnachahmlichen Auftritt anläßlich des Ausbruchs dreier Gewaltverbrecher aus der Strafanstalt Stein. Als einer der Täter umstellt war und zur Aufgabe gedrängt werden sollte, machte sich Holaubek höchstpersönlich ans Werk. Er trat vor, nahm das Megaphon zur Hand und forderte den Ganoven zum Herauskommen auf, nicht ohne sich noch gebührend vorgestellt zu haben: „Ich bin's, dein Präsident!"

Beim Heurigen

Im Jahre 1948 zahlte ein Gast beim Heurigen in Grinzing mit dem damals neuen Zwanzigschillingschein, auf dem der Komponist Joseph Haydn abgebildet war. „Früher", bemerkte er philosophisch und deutete auf den Porträtierten, „früher in den dreißiger Jahren war ein Zwanzger ein Heidengeld. Jetzt ist er nur mehr ein Haydngeld."

Schwarzhändle

Im Jahre 1951 erregte das Plakat einer Wiener Textilfirma die Aufmerksamkeit der Öffentlichkeit. Es zeigte eine mit einer Strumpfhose bekleidete Frau, auf deren Po ein schwarzer Handabdruck prangte und den Slogan „Ein guter Griff" unterstreichen sollte. An dieser Abbildung entzündeten sich die Gemüter vor allem im Magistrat, der unter Berufung auf das Schmutz- und Schundgesetz durchsetzte, daß die inkriminierte Stelle mit einem Spruch zu überkleben sei.

Dies stachelte natürlich die Neugierde der Leute an, auch solcher, die vorher das Plakat gar nicht beachtet hatten. Und wenn irgendein Lausbub begann, den Streifen herunterzukletzeln, kam selbstverständlich wieder die schwarze Hand darunter zum Vorschein.

Dieser Umstand inspirierte die „Volksstimme" zu einem Dialog zwischen einem Vater und seinem Sohn:

„Ja, Vatter, warum haben sie denn das Papierl über die Hand vom Rauchfangkehrer gepickt?"

„Weil der Rauchfangkehrer das nicht hätte tun dürfen."

„Warum, Vatti?"

„Bevor man etwas angreift, muß man sich die Hände waschen, nicht wahr?"
Und das – folgerte die „Volksstimme" – leuchtete dem Buben schließlich ein. Seine Moral und vor allem seine Achtung vor den Herren im Magistrat waren gerettet.

Dach über'm Kopf

Die Wohnraumbeschaffung stellte die Wiener Stadtverwaltung vor schier unlösbare Probleme. Während „das rote Wien" in der Zwischenkriegszeit im Sozialbau Maßstäbe setzen konnte, die internationale Beachtung fanden, wurde nun – der Not gehorchend – einfach darauflosgebaut. So entstanden in den ersten zehn Jahren rund 50.000 neue Wohnungen. In der Wiener Bevölkerung fand sich für diesen „Baustil" bald die treffende Bezeichnung „Kas mit Löchern".

Emmentalerstil

Die Amtszeit von Franz Jonas als Bürgermeister von Wien fällt mit der Hochblüte dieses städtebaulichen „Emmentalerstils" zusammen. So ist es auch kein Wunder, daß ihm der Wiener Volksmund ein architektonisches Denkmal gesetzt hat: Die Fußgeherunterführung am Schottentor heißt noch heute „Jonas-Reindl"!

Korrekt

Bürgermeister Franz Jonas, der seinem Vorgänger im Rathaus, Theodor Körner, schließlich auch im Bundespräsidentenamt nachfolgen sollte, war ein bei der Beamtenschaft gefürchtetes Stadtoberhaupt, dessen Pedanterie an Kaiser Franz Joseph erinnerte. Morgens stand er oft schon ab sieben Uhr vor dem Rathaus und kontrollierte mit strengem Blick auf seine Armbanduhr die Ankunftszeiten seiner Mitarbeiter. Bald war so die Sitte des gewohnheitsmäßigen Zuspätkommens abgestellt.
Noch mehr fürchteten die Rathausjuristen und leitenden Beamten jedoch die unerbittlichen Deutschkenntnisse des gelernten Korrektors Jonas, der es sich nicht nehmen ließ, die grammatikalischen Verstöße und Beistrichfehler auf den Vorlagen seiner graduierten Mitarbeiter eigenhändig und mit Rotstift auszubessern.

Bonzen und Baulöwen

1968 wurde der aufsehenerregende Bau des Rehabilitationszentrums für Gehirngeschädigte in Wien feierlich eröffnet. Am nächsten Tag wurden in der „AZ" die Namen sämtlicher anwesender SPÖ-Mandatare genannt, sogar auch die der zum Festakt erschienenen politischen Gegner aus der ÖVP. Vergeblich aber suchte man in der Meldung einen Hinweis auf Gustav Peichl, den Architekten und damit Schöpfer des gefeierten Bauwerks!

„Mozart" kreuzt hin und her

Seit dem Verlust der Adria ist den Österreichern die

Donaudampfschiffahrtsgesellschaft besonders ans Herz gewachsen; hier gibt es für die zu Landratten gewordenen Österreicher eine Möglichkeit, mit ihrer heimlichen Marineleidenschaft vor Anker zu gehen. Schiffstaufen und Stapelläufe werden daher noch heute als große Ereignisse zelebriert. So war es auch im Sommer 1987, als die „MS Mozart" ihre Jungfernfahrt machen sollte. Da es sich um das größte Binnenschiff Europas handelt, war Prominenz aus Politik, Kultur und Wirtschaft eingeladen, um sich auf der geplanten Fahrt von Wien durch die malerische Wachau bis nach Dürnstein nicht zuletzt auch des wohlbestückten, erlesenen Buffets anzunehmen. Infolge eines technischen Gebrechens – die Hydraulik des versenkbaren Turms versagte, sodaß er nicht eingefahren werden konnte – kam es allerdings anders. Sowohl die Reichsbrücke als auch die Nordbrücke waren unpassierbar. So mußte das Schiff insgesamt siebzehnmal zwischen diesen beiden Brücken hin- und herkreuzen, bis auch der letzte Krümel der angebotenen Speisen vertilgt werden konnte.

IN ZEITEN WIE DIESEN

Ein paar Anekdoten zum „Darüberstreuen" …

Erkennungszeichen

Der Kabarettist Hans Peter Heinzl sagte einmal bei einem Empfang zu Dr. Alois Mock, dem Vorsitzenden der damals noch in der Opposition stehenden Österreichischen Volkspartei: „Bei meiner jüngsten Produktion, ‚Vorsicht, bissiger Mund', sind in der ersten Reihe drei Herren von Ihrer Partei gesessen."
„Und woran haben Sie das erkannt?" fragte Mock.
„Sie hatten kein Programm!"

Alte Bekannte

Außenminister Mock begleitete Bundespräsident Dr. Kurt Waldheim auf dessen Staatsbesuch in Jordanien. Auf die Frage, was er dazu sage, daß auch Frau Beate Klarsfeld in Amman sei und hier Dossiers verteile, meinte Mock trocken: „Die Frau Klarsfeld hab' ich in Amstetten getroffen, warum soll sie nicht auch hier in Amman sein?"

Garantie auf Lebzeiten

Freda Meissner-Blau, Clubchefin der „Grünen“, fragte den sowjetischen Ministerpräsidenten Ryschkow anläßlich seines Wienbesuchs im Sommer 1987 in einem Parlamentariergespräch, ob der ökologisch verhängnisvolle Plan, die Ströme Ostsibiriens nach Süden umzuleiten, endgültig begraben sei.

Ryschkow war etwas verunsichert, meinte aber, das werde bestimmt nicht mehr zu seinen Lebzeiten geschehen. Darauf Freda Meissner-Blau: „Dann wünsche ich Ihnen ein sehr langes Leben!“

Früh übt sich

Freda Meissner-Blau wurde und wird immer wieder als „kürzlich aus der DDR eingewanderte Ostagentin“ verdächtigt. Begründung: Sie wurde in Dresden geboren – allerdings 1927 als Kind österreichischer Eltern, das als Einjährige mit ihnen nach Linz kam und dort aufwuchs.

In einer Wahlversammlung darauf angesprochen, meinte sie: „Ich war eben ein frühreifes Kind; was eine gute Agentin werden will, übt sich beizeiten ...“

Die Basis meldet sich

Anläßlich einer FPÖ-Wahlkundgebung in Freistadt, Oberösterreich, erkämpfte sich ein kaum schulpflichtiger Junge Zutritt zum Bundesparteiobmann Dr. Jörg Haider. Ohne die den Politiker umringenden Passanten zu beachten, pflanzte sich der Knirps vor dem Chef der Freiheitlichen auf und trug erwartungsvoll sein Anliegen vor: „Sie sind doch der österreichische Bundeskanzler! Sie werden doch hoffentlich nicht weiter neue Schulen bauen wollen, sondern die Schulen ein für allemal abschaffen!"

Direttissima

Der freiheitliche Generalsekretär Dr. Norbert Gugerbauer war unterwegs nach Kärnten, wo er die Weißensee-Gespräche eröffnen sollte. In seiner Linzer Anwaltskanzlei wieder einmal länger als erwartet aufgehalten, befand er sich auf der Westautobahn in begreiflicher Eile. Nicht nur der Kilometerzähler, auch der Uhrzeiger drehte sich schnell: Salzburg – Tauernautobahn – Spittal an der Drau ...

In der hereinbrechenden Dämmerung nahm er unversehens wahr, daß er eben an der Ausfahrt Weißensee-Westufer vorbeigefahren war. Halb so schlimm, dachte er; wie er sich erinnerte, gab es ja noch immer die folgende Ausfahrt Weißensee-Ostufer. Doch die Zufahrtsstraße verengte sich immer mehr, und nach einer halben Stunde Fahrzeit stand der „blaue General" nicht nur am Ostufer des Weißensees, sondern gleichzeitig am Ende einer Sackgasse! Zum Tagungsort am fernen Westufer gab es keine Straßenverbindung, und die Fahrt zurück nach Spittal und weiter zum Westufer hätte mindestens weitere fünf Viertelstunden gebraucht. Also galt es, rasch zu handeln. Gugerbauer machte den Besitzer eines schnellen Motorbootes ausfindig, und ein großzügiges Trinkgeld beschleunigte die Überfuhr.

Was dann wenige Minuten später von der Seeterrasse des Tagungshotels wie der effektvolle Auftritt eines Spitzenpolitikers aussah, war nichts anderes als die hohe Kunst der Improvisation!

Kein Zufall
Vizekanzler Dr. Alois Mock sagte in einem Interview, wenn es darum ginge, nicht die volle Wahrheit gesagt zu haben, dann müßte man mehrere Politiker auf die ominöse „Watchlist" setzen. – Am selben Tag präsentierte Bundesminister Marilies Flemming eine Studie, derzufolge 88 Prozent der Jugendlichen zwischen 14 und 24 Jahren glauben, Österreichs Politiker sagten die Unwahrheit . . .

Listenreiches Österreich
Dementiert wurde, daß ab sofort aufgrund dieser Meinungsumfrage bei den Parlamentsportieren „Watchlisten" auflägen; nicht dementiert wurde hingegen die Meldung, wonach Ex-Bundeskanzler und SPÖ-Parteiobmann Dr. Fred Sinowatz seit Jahren auf der „Weight-Watchlist" stehe.

Vorbilder
Der sowjetische Ministerpräsident Ryschkow weilte im Sommer 1987 auf Staatsbesuch in Österreich. „Glasnost" und „Perestrojka", die Schlagworte der Gorbatschow-Ära, beherrschten die Pressekonferenzen und Medienberichterstattung. Da gingen die mitreisenden sowjetischen Journalisten zum Gegenangriff über und wollten von Bundeskanzler Dr. Franz Vranitzky wissen, ob beabsichtigt sei, die sowjetischen Modelle auch in Österreich einzuführen bzw. sie zum Vorbild zu nehmen.
Bundeskanzler Vranitzky erinnerte in seiner Replik daran, daß er vor Amtsantritt Finanzminister gewe-

sen sei und davor bei einer Bank. Merkur aber, der Gott der Händler, sei bekanntlich gleichzeitig auch der Gott der Diebe. Trotzdem denke er aber nicht daran, sowjetische Modelle zu stibitzen.

Kompetenzen

Bundeskanzler Franz Vranitzky konferierte anläßlich seines Amerikabesuches im Capitol mit Vertretern des Repräsentantenhauses. Plötzlich läutete das Telefon. Am andern Ende war der in Wien verbliebene Vizekanzler und Außenminister Mock, der von Botschafter Dr. Thomas Klestil wissen wollte, „wie es steht".

A. E. I. O. U.

Ein Ausblick

... auf der Welt das Letzte

Austria est in orbe ultima – Österreich ist auf der Welt das Letzte: diese Ausdeutung des sibyllinischen Wahlspruchs Friedrichs III. hat in letzter Zeit eine nicht ganz willkommene Nuancierung erfahren. Es mag eine heilsame Erfahrung damit verbunden sein, wenn auch eine schmerzvolle.

Das beste Theater der Welt

Im Herbst 1986 wurde der aus Bremen stammende Regisseur Claus Peymann Direktor des Wiener Burgtheaters.

„Wenn mich jemand fragt, wo das beste Theater der Welt sei", ließ ihn sein Hausautor Thomas Bernhard sagen, „so antworte ich immer: Österreich. Worauf die Leute fragen: wo in Österreich? Und ich antworte: nicht in Österreich, Österreich selbst ist es. Fahren Sie nach Österreich, sage ich zu den Leuten, und Sie kommen in das allerbeste Theater der Welt."

Staatsoperette

Man hat Österreich oft eine Art Operettenstaat genannt: „Die Musik ist zwar recht schön, aber das Libretto miserabel." Wahrscheinlich ist an diesem Vergleich auch etwas Wahres dran. Es gibt im Leben eines Staates wie in einem Opernhaus bessere und schlechtere Saisonen, Glanzpremieren und durchschnittliche Vorstellungen, vielbejubelte Starauftritte und fatale Durchfaller. In der Summe kommt es jedoch nicht so sehr auf die Ausnahmen in negativer und positiver Hinsicht an, sondern auf die Repertoire-Aufführungen. Diese machen den Großteil des Spielplans aus, und hier kommt es darauf an, ein unerläßliches Mindestmaß an Qualität zu erhalten.

Wenn also der Vergleich zwischen dem Staatsgebilde und einem Opernhaus nicht ganz unstatthaft zu sein scheint, dann sei in diesem Zusammenhang an einen guten Rat Karl Böhms erinnert, den er anläßlich seiner Ernennung zum Ehrenmitglied der Wiener Staatsoper 1968 gegeben hat: „Liebt eure Oper wie bisher, aber intrigiert ein bisserl weniger ..."

Quellenhinweise:

Helmut Andics: *Die Insel der Seligen. Österreich von der Moskauer Deklaration bis zur Gegenwart,* Molden, Wien—München—Zürich 1969.

Max Böhm: *Witzepräsident Maxi Böhm,* Kremayr und Scheriau, Wien 1972.

Milo Dor/Reinhard Federmann: *Der politische Witz,* Desch-Verlag, München 1971.

Ferdinand Fauland: *Der lärchene Stipfl,* Styria, Graz 1971.

Gottfried Heindl: *Geschichten von gestern, Geschichten von heute,* Paul Neff-Verlag, Wien 1967.

Gottfried Heindl: *Und die Größe ist gefährlich,* Paul Neff-Verlag, Wien 1969.

Richard Heinersdorf: *Der Witz der Österreicher,* Desch-Verlag, München 1971.

Eric C. Kollmann: *Theodor Körner — Militär und Politik,* Verlag für Geschichte und Politik, Wien 1973.

Johannes Kunz: *Ich bin der Meinung,* Molden, Wien—München—Zürich 1974.

Johannes Kunz: *Hoffnungslos, aber nicht ernst. Der politische Witz in Österreich seit 1918,* Molden, Wien—München—Zürich 1976.

Richard Nimmerrichter: *Der Witz der Wiener,* Desch-Verlag, München 1970.

Karl Heinz Ritschel: *Julius Raab — der Staatsvertragskanzler,* Edition Reinartz, Wien 1975.

Hans Schallinger: *Österreichischer Witz,* Ernst Heimeran-Verlag, 1968.

Norbert Schausberger: *Österreich. Der Weg der Republik 1918—1980.* Mit einem ergänzenden Bericht von Rudolf Kirchschläger, Leykam, Graz 1980.

Tagebuch der Straße. *Geschichte in Plakaten,* hrsg. von der Stadt Wien und der Landesbibliothek, Österreichischer Bundesverlag/Jugend und Volk, Wien 1981.

Ernst Trost: *Figl von Österreich,* Molden, Wien 1972.
Ida Weiss: *Georg Bucher,* Carinthia, Klagenfurt.

Zur Anekdotensammlung des Bundesländerteils „Alle neune“ haben beigetragen: Rudolf Lehr (Oberösterreich), Robert Vinatzer (Tirol, Vorarlberg), Johannes Twaroch (Niederösterreich), Walther Novotny (Kärnten), Hans Langwallner, Eberhard Haidegger, Lieselotte v. Eltz-Hoffmann (Salzburg), Otto Hoffmann-Wellenhof (Steiermark).

Für die Überlassung und Sammlung von Anekdoten ist weiters zu danken: Paul Blau, Heinz Kienzl, Michael Würz, Alfred Wosyka sowie der Redaktion der „Wiener Zeitung“.